JAMES M. CAIN

Im Dunkel jener Nacht

Buch

Alles beginnt mit einem irrwitzigen Unfall. Der 26jährige, vorbestrafte Duke, der beim ausbeuterischen Mr. Val als Landarbeiter angestellt ist, soll auf dessen Grundstück Bäume pflanzen. Als Holly Val, die rundliche Ehefrau des Tyrannen, zu Duke hinausgeht, um ihn zum Mittagessen ins Haus zu bitten, passiert das Unsägliche: Mitsamt ihren Fettpolstern fällt Holly in ein Pflanzloch. Duke holt sie wieder heraus und hilft ihr, die Spuren des Malheurs zu verwischen. Die beiden sind sich gleich sympathisch, und im Laufe der Zeit entwickelt sich zwischen ihnen eine zärtliche Freundschaft. Als Duke merkt, wie sehr Holly unter ihrem Übergewicht leidet, erfindet er für sie eine wohlschmeckende Diät, mit deren Hilfe Holly bald eine schlanke und attraktive Frau wird. Längst ist es um die beiden geschehen, und es bleibt nur eine Person, die ihrer Liebe im Wege steht: Hollys Ehemann …

Autor

James M. Cain wurde 1892 in Annapolis, Maryland, geboren. Er schrieb für große Zeitungen, war Leitartikler der *New York World* und Professor für Journalistik, bis ihn der Kritiker und Sprachforscher H. L. Mencken zu literarischer Arbeit anregte. Die Romane *Wenn der Postmann zweimal klingelt* und *Doppelte Abfindung*, die in den dreißiger Jahren erschienen, machten ihn weltberühmt. Heute zählt James M. Cain zu den bedeutendsten Autoren der amerikanischen Kriminalliteratur. Er starb 1977.

James M. Cain

Im Dunkel jener Nacht

Roman

Aus dem Amerikanischen von
Annelie Christian

GOLDMANN

Die Originalausgabe erschien 1954 unter dem Titel
»Galatea«
bei Robert Hale Ltd.

Umwelthinweis:
Alle bedruckten Materialien dieses Taschenbuches
sind chlorfrei und umweltschonend.
Das Papier enthält Recycling-Anteile.

Taschenbuchausgabe 12/99

Umschlaggestaltung: Design Team München
Umschlagfoto: Photonica/Cipolla
Satz: deutsch-türkischer fotosatz, Berlin
Druck: Elsnerdruck, Berlin
Krimi: 5859
JE · Herstellung: Max Widmaier
Made in Germany
ISBN 3-442-05859-7

1 3 5 7 9 10 8 6 4 2

VORWORT

John Wilkes Booth, von dem in diesem Buch immer wieder die Rede ist, war der Schauspieler, der am Abend des 14. April 1865 den damaligen Präsidenten der Vereinigten Staaten von Amerika, Abraham Lincoln, erschoß.

Offensichtlich besteht im südlichen Maryland, in dem sich die Geschichte abspielt, der Aberglaube, daß der Geist von John Wilkes Booth mit klirrenden Sporen immer dann erscheint, wenn irgendwo in diesem Land Unrecht geschieht oder geplant wird.

I

Ich hackte, wühlte und schaufelte, und je tiefer ich grub, desto deutlicher fühlte ich, daß ich beobachtet wurde. Ich versuchte zunächst, mich nicht daran zu stören. Ein auf Bewährung freigelassener Krimineller muß schließlich damit rechnen, ständig beobachtet zu werden, besonders dann, wenn man ihn auf der Farm, auf die er verfrachtet worden ist, selbständig arbeiten läßt. Trotzdem machte es mich nervös, um so mehr, als ich an die mir übertragene Aufgabe völlig falsch heranging. Man hatte mir aufgetragen, Bäume auszugraben, und dazu braucht man von Rechts wegen einen Erdbagger. Es war aber keiner da, und man hatte auch nichts von einem Bagger gesagt, der Kosten wegen vielleicht, oder um mich ganz einfach auf die Probe zu stellen; also war ich auf das vorhandene Gerät angewiesen. Mit Ketten, Seilen, Holzklötzen, allem möglichen Zeug aus dem Geräteschuppen und einer Leiter rückte ich den Bäumen zu Leibe und versuchte, sie mit den Wurzeln herauszureißen, eine mühselige, vertrackte, ziemlich schwere Arbeit, da ich erst um jeden einzelnen Baum einen Graben ziehen mußte.

Ich fing mit einer Ulme an und war gerade dabei, die Wurzeln freizulegen, als ich den Blick fühlte, und der Gedanke, daß man mich nicht aus den Augen ließ, ging mir auf die Nerven, da meine Freilassung unter sehr merkwürdigen Umständen erfolgt war. Ich war eigentlich gar nicht regulär auf Bewährung entlassen worden, hatte auch nie vor Gericht gestanden; ein Polizeibeamter des hiesigen Bezirks hatte die ganze Sache geregelt, einer von diesen Burschen, die den Mund sehr voll nehmen und furchtbar gerissen aussehen. Er hatte dafür gesorgt, daß die Anzeige zurückgezogen wurde, allerdings unter der Bedingung, daß ich ein schriftliches Geständnis ablege, und daß der Besitzer der Farm, in dessen Auftrag ich jetzt die Bäume ausbuddelte, mich bei sich einstellt und die sechsundachtzig Dollar für das Zeug zurückzahlt, das ich gestohlen hatte. Ich hatte mir gleich gedacht, daß irgendein fauler Trick dahintersteckt, und daß ich mich den Leuten, die die Hände dabei im Spiel hatten, auf Gedeih und Verderb ausliefere, wenn ich ihr Angebot annähme, aber was war mir anderes übriggeblieben? Trotzdem fing meine Haut an zu prickeln, als ich fühlte, daß man mich beobachtete, und ich fühlte mich äußerst unbehaglich. Und dann, gerade als ich nach der Axt griff, sah ich sie. Sie stand keine drei Meter von mir entfernt da und starrte mich an.

In meinem Kopf fing es an zu hämmern wie damals, als ich Pabby Ramos in Grund und Boden drosch, und ich betete schnell zu Gott, er möge mich vor überschüssigem Adrenalin bewahren. Genau in diesem Augenblick kam Bill rülpsend und mit den Händen herumfuchtelnd hereingewankt. Der Regierungskommissar sah ihn kurz an und fuhr dann fort: »Mr. Val, die Etikette erfordert, daß Sie mich unverzüglich nach Hause befördern, wenn ich Sie darum ersuche! Ich bleibe hier sitzen, bis ...«

Noch während er sprach, schwankte Bill an dem kleinen Sofa, an dem Tisch und an dem großen Sofa vorbei auf einen Drahtkorb mit Holz zu, das vom Frühjahr übriggeblieben war. Er schnappte sich ein Scheit und schrie: »Paß auf, Val, duck dich! Ich werd' dem Hurensohn Etikette beibringen!«

Meine Hand fuhr automatisch hoch, vielleicht war das Adrenalin daran schuld. Ich fing das Scheit Holz ab, und dann war plötzlich die Hölle los: die Mädchen kreischten los, Val schrie Bill an, und der Regierungskommissar brüllte Val an, und ich schrie, so laut ich konnte: »Aufhören!« Ich ging schnell zum Sofa, hielt Bill fest und warf das Scheit Holz wieder in den Drahtkorb. Aber er brüllte über meine Schulter hinweg weiter. Er sagte zu dem Regierungskommissar: »Etikette, du verdammter Hurensohn, ich bin hier die Etikette! Steh gefälligst auf, wenn ich mit dir rede! Regierungskommissar, daß ich nich' lache! Wo denn und von was, wenn ich fragen darf! Du verdammter kleiner Dreckskerl! Du ...«

»Bill!«

Die Stimme von der Tür her war nicht laut, aber um so durchdringender. Marge gab den Serviererinnen ein Zeichen mit dem Daumen und sagte ihnen, sie sollten sich umziehen gehen. Sobald sie draußen waren, lief sie auf Bill zu, befreite ihn aus meiner Umklammerung und sah ihn an. Er griff nach ihrer Hand, schlug sich selbst damit ins Gesicht und fing an zu weinen. Ich hätte am liebsten mitgeheult. Aber so weit ließ Marge es gar nicht kommen; sie marschierte zu dem Regierungskommissar hinüber, pflanzte sich vor ihm auf und sagte:

»John Dayton, Sie bestellen sich jetzt sofort ein Taxi und machen, daß Sie nach Hause kommen!«

»Aber – Marge Dennis!«

»Hören Sie auf mit dem affektierten Gerede!«

»Seit wann sind Sie überhaupt hier, Marge?«

»Von Anfang an. Ich bin Hollys Schwägerin. Was soll das eigentlich heißen, sich hier derartig aufzuführen?«

Abgesehen von ihren Augen – großen, schwarzen, schönen Augen – und ihrem mädchenhaft süßen Gesichtsausdruck war sie das abstoßendste weibliche Wesen, das mir je in meinem Leben unter die Augen gekommen ist. Sie war ziemlich klein und trug einen Mantel und ein dunkelblaues Kleid, das gut zu ihrem dunklen welligen Haar paßte. Sie sah aus wie ein weiches, schwammiges Faß, obwohl sich durch das Kleid hindurch deutlich die breite Leibbinde abzeichnete, die nur die ganz Dicken tragen, um ihren Bauch einzuzwängen. Ich tat jedoch so, als bemerkte ich nichts von alldem, zog schnell meinen Pullover über und fragte sie, ob ich etwas für sie tun könnte. Sie sagte: »Nein, nein danke. Ich wollte mich nur ein bißchen mit Ihnen unterhalten. Sie sind doch der ... junge Mann, von dem mein Mann gesprochen hat? Gestern abend am Telefon. Den er eingestellt hat?«

»Oh, Sie sind Mrs. Valenty?«

»Man nennt mich Mrs. Val. Ich war verreist.«

»Ja, Mrs. Val, ich bin derjenige. Ihr Mann hat alles für mich geregelt gestern beim ... Bezirksgericht. Aber ich bin erst heute früh entlassen worden; es waren noch Papiere zu unterzeichnen. In ... Upper Marlboro, ich glaube, so heißt der Ort. Mein Name ist Duke Webster.«

»Duke?«

»Der Name kommt oft in unserer Familie vor.«

»Aber Ihre Familie stammt nicht aus Maryland?«

»Ich bin in Nevada geboren, Mrs. Val.«

»Sie sind älter, als ich gedacht hatte.«

»Ich bin sechsundzwanzig.«

»Mein Mann sprach von einem ›Jungen‹.«

»Ja, am Gericht hat er diese Bezeichnung auch gebraucht, wahrscheinlich, um die ganze Angelegenheit zu entschärfen. Ich bin jedoch alt genug, ich hätte wissen müssen, daß man mit so was nicht durchkommt.«

Ihr Mann, sagte sie, hätte am Telefon nicht viel reden können, da ihre Familie im Bezirk St. Mary mit den Nachbarn zusammen einen gemeinsamen Telefonanschluß habe und man sich in einem solchen Fall »am besten möglichst kurz faßt.« Sie wollte damit wohl andeuten, daß man meinen Fall nicht überall ausposaunt hatte, und ich fragte sie, in welchem Bezirk diese Farm hier läge.

»In Prince Georges«, antwortete sie. »Eine Meile nördlich von Clinton in Maryland. Clinton liegt etwa neun Meilen südlich von Washington, und die Straße, in die mein Mann einbog, als er Sie von Marlboro herholte, ist die berühmte Bundesstraße 5, die Zubringerstraße zum südlichen Maryland. Einstmals ein tragisches Land, jetzt erst endlich vor der Verwahrlosung bewahrt.«

Weder von der Bundesstraße 5, noch vom südlichen Maryland hatte ich je im Leben was gehört, hatte also keine Ahnung, warum das Land tragisch und die Straße berühmt war. Aber wenn es um Verwahrlosung ging, so war jedenfalls auf dieser Farm allerhand getan worden. Das Haus war ein neuer, weißverputzter Backsteinbau, einstöckig, mit einem West- und einem Ostflügel. Die Fensterläden waren grün gestrichen; sie paßten zu dem Rasen, der sich wie ein Teppich bis hinunter zur Straße erstreckte. Die Wirtschaftsgebäude – Scheune, Schuppen, Wasserreservoir und das Häuschen, in dem ich schlafen sollte – waren ebenfalls weiß verputzt und säuberlich um einen Hof hinter dem Haus gruppiert. Mrs. Val nannte es Hof, für meine Begriffe war es eher ein Patio. Aber was dem Ganzen eigentlich den luxuriösen Anstrich gab, war eine Auffahrt, wie ich sie nie zuvor gesehen hatte. Sie war mit Muschelschalen ausgelegt und führte im Bogen von der Straße zum Haus hinauf, links war ein kleiner Parkplatz und rechts führte ein Fahrweg zur Rückseite des Hauses. Muschelschalen sind weiß; ob diese Muscheln hier noch zusätzlich mit Kalktünche gestrichen worden waren, weiß ich nicht, jedenfalls glitzerten sie wie Schnee. Sie bewirkten, daß das ganze Anwesen aussah wie eine riesige, zuckerbestäubte Torte, und ich empfand es als merkwürdiges Zusammentreffen, daß Mr. Valenty mir von sich selbst schließlich erzählt hatte, er sei in der Gastronomie tätig.

Mrs. Val erwähnte, daß ihm mehrere Lokale in Washington gehörten, und daß er erst kürzlich wieder ein großes Restaurant eröffnet hätte, das *Ladyship* in der Connecticut Avenue, dessen Hauptattraktion darin bestand, daß der Betrieb täglich mit frischem Gemüse von der eigenen Farm beliefert wurde. Leider sei es bei der Eröffnung durch Personalmangel zu einer ziemlichen Panne gekommen. Auf die Gründe, die dazu geführt hatten, daß ein Geschäftsmann dieser Größenordnung im entscheidenden Augenblick ohne Personal dastand, ging Mrs. Val nicht näher ein, sondern wechselte schnell das Thema, als sei es ihr unangenehm, darüber zu sprechen. In diesem Augenblick bemerkte ich ein Auto, das im Hof hinter Mrs. Vals Wagen, einem roten Sportcoupé, stand; ein Mann und eine Frau saßen darin, und es kam mir so vor, als hätte Mrs. Val die Unterhaltung mit mir nur vom Zaun gebrochen, um dem Mann und der Frau Gelegenheit zu geben, mich gründlich zu betrachten. Ich sagte: »Mrs. Val, möchten Sie, daß ich mich da drüben hinstelle, damit diese Leute mich sehen oder mit mir sprechen können? Vielleicht wollen Sie nur ein paar Fragen stellen?«

In ihr Gesicht stieg eine leichte Röte. »Es war bestimmt nicht meine Idee, Duke«, erwiderte sie. »Nur ... mein Bruder und meine Schwägerin waren gestern abend, als mein Mann mich anrief, gerade bei meiner Mutter und hörten das Gespräch mit an. Da sie wußten, daß ich hier ganz alleine sein würde, wollten sie unbedingt mitkommen und ...«

»Wir können ja zu ihnen gehen, wenn Sie wollen.«

Das taten wir dann auch, aber ziemlich langsam, weil sie nur mühsam vorwärts kam. Sie watschelte neben mir her, und ich hatte dieses scheußliche Gefühl, das einen in Anwesenheit eines Krüppels befällt, besonders, als sie auch noch anfing zu schnaufen. Doch ich sagte nichts und wartete, bis man das Wort an mich richtete, als die anderen beiden ausstiegen. Mrs.

Val redete sie mit Bill und Marge an, und sie nannten sie Holly, aber sie stellte mich als »Mister Duke Webster« vor und die beiden als »Mrs. Hollis und Mr. Hollis«. Das Ergebnis war, daß man mich überhaupt nicht beachtete, einfach keine Notiz von mir nahm in einer Art, die hier in Maryland zwar allgemein üblich ist, an die ich mich aber nach meinem Leben im Westen nur sehr schlecht gewöhnen kann. Die drei unterhielten sich miteinander, hauptsächlich über Schinken, die man hierzulande zu kochen scheint, und Bill beschwor seine Schwester immer wieder: »Wenn dir die Arbeit zuviel wird, laß sie liegen. Hörst du, Holly? Auf keinen Fall darfst du dich überanstrengen, hörst du?«

Sie sagte, er brauche sich wirklich keine Sorgen um sie zu machen, und plötzlich bat er mich, den Wasserstand im Kühler seines Wagens nachzuprüfen. Mir kam das zwar komisch vor, weil meistens beim Tanken Wasser nachgefüllt wird, aber ich hob die Motorhaube hoch, steckte den Finger rein, machte das Ding wieder zu und sagte, alles sei okay. Er lächelte ein wenig und fragte: »Duke, waren Sie mal Boxer?«

»Wieso? Ja, eine Zeitlang. Wie kommen Sie darauf?«

»Ich habe Sie nur beauftragt, nach dem Wasser zu sehen, um Ihre Hände betrachten zu können. An Ihren Händen sieht man, daß Sie früher einmal Boxer waren.«

»Ich habe mir aber beim Boxen keinen einzigen Finger gebrochen.«

»Stellen Sie sich doch nicht dümmer, als Sie sind! Sie wissen ganz genau, was ich meine. Nicht einmal ein Filmschauspieler bewegt die Hände so vorsichtig wie ein Boxer.«

Er war ein großer, untersetzter Bursche von etwa dreißig Jahren, sehr gutaussehend in seiner Art, während seine Frau ein mageres, vertrocknetes Geschöpf war, nach dem sich kein Mann umdrehen würde. Er zog plötzlich die Rechte hoch, und ich deckte sie schnell mit meinen beiden Fäusten ab, was ihm zu imponieren schien. Er sagte: »Okay, Duke, Sie sind in Ordnung. Kümmern Sie sich um meine kleine Schwester.«

»Ich werd' mein Bestes tun, Mr. Hollis.«

»Und lassen Sie sie nur nicht zuviel arbeiten.«

»Bestimmt nicht.«

Sie küßten die kleine Schwester zum Abschied und fuhren fort. Sie ging ins Haus, während ich zu meinem Baum zurückging. Ich versuchte es jetzt mit einem primitiven Flaschenzug; der Baum bog sich, nicht viel, aber ich konnte sehen, daß ich es schaffen würde, wenn man die Wurzeln noch mehr freilegte. Ich nahm die Spitzhacke und arbeitete wie ein Wilder.

Um die Mittagszeit hörte ich jemanden meinen Namen rufen. Ich drehte mich um, und da stand sie wieder, erhitzt und schnaufend von dem kurzen Weg vom Haus her und gab mir durch Zeichen zu verstehen, ich solle aufhören zu graben. Sie hatte sich umgezogen und trug nun ein blaukariertes Kleid. Sie rief, ich solle essen kommen. Ich sagte, ihr Mann hätte mir mein Mittagessen mitgegeben, und zeigte ihr das Lunchpaket aus einem seiner Restaurants und die Thermosflasche mit heißem Kaffee, die ich unter einen Busch gelegt hatte. Doch sie meinte, mir stünde ein anständiges Mittagessen zu, ich solle hereinkommen. Ich kletterte aus meinem Graben, zog wieder meinen Pullover über und wollte gerade zum Haus gehen, als es passierte.

Sie hatte sich mein Arbeitsgerät angesehen und sich über den Graben gebeugt, um das Seil abzutasten. Ob sie das Gleichgewicht verloren oder ob die lockere Erde unter ihr nachgegeben hat, weiß ich nicht, jedenfalls rutschte sie plötzlich ab. Sie rutschte in meinen Graben hinunter und blieb mit den Hüften stecken. Ich griff nach ihr, aber zu spät – ihr Kopf rollte haltlos hin und her. Ich sprang ihr nach und hielt ihren

Kopf. Ich befahl: »Halten Sie sich fest, Mrs. Val, damit Sie nicht noch tiefer einsinken. Lassen Sie nur nicht los, sonst krieg' ich Sie nie hier raus!«

»Mein Herz macht nicht mehr mit!«

»Sie dürfen nicht schlappmachen! Sie müssen sich zusammennehmen !«

»Ich krieg' keine Luft!«

»Versuchen Sie's! Sie müssen's versuchen!«

»... wischen Sie mir das Gesicht ab. Bitte!«

Ihr Gesicht war schweißüberströmt; ich wischte es mit meinem Taschentuch ab. Dann fächerte ich ihr mit dem Taschentuch Luft zu, wie man einem Boxer mit dem Handtuch Luft zuwedelt. Sie keuchte: »Ich versinke. Ich habe keinen Boden unter den Füßen.«

»Reden Sie weiter, Mrs. Val. Hören Sie nicht auf, zu reden!«

Sie schrie auf vor Schmerzen, schrie noch einmal und wimmerte dann: »Ich kann's nicht mehr aushalten! Ich kann nicht!«

»Halten Sie sich an mir fest! Nur nicht loslassen!«

2

All das erforderte Zeit, lange, schreckliche Sekunden, aber das war nicht zu ändern, denn ich wußte genau, wenn sie wirklich ohnmächtig wurde, würde ich sie nie da herausbekommen, und bis ich ins Haus gelaufen wäre, die Nummer aus dem Telefonbuch herausgesucht und Hilfe herbeigerufen hätte, wäre es bestimmt zu spät. Aber mehr als alle ermunternden Worte rissen die Schmerzen sie ins Leben zurück. Ich ließ ihren Kopf los und kniete mich vor sie in den engen Graben. Ich packte einen ihrer Füße, stellte ihn auf mein Knie und befahl: »Jetzt Ihre Arme! Legen Sie sie mir um den Hals, fest! Halten Sie sich ganz fest, ziehen Sie sich hoch! Drehen Sie sich in den Hüften und *ziehen* Sie sich hoch!«

Sie versuchte es; ich fühlte, daß sich ihr Körper bewegte. Sie keuchte: »O Gott sei Dank ... Ich kriege wieder Luft! Aber ich muß einen Augenblick verschnaufen – bitte!« – »Ja, ruhen Sie sich aus.«

Sie ließ sich ein wenig sinken, und ich fühlte ihr Gewicht, so schwer, daß mir bei dem bloßen Gedanken, ich müßte sie vielleicht in bewußtlosem Zustand hochstemmen, der Schweiß ausbrach. Ich fragte: »Na, geht's schon besser?«

»Ja, aber ich hab' einen Krampf im Bein.«

»Stemmen Sie sich etwas hoch.«

Sie schaffte es nicht. Ich zog ihren Fuß nach unten, schob meinen Oberschenkel unter ihr Knie und drängte: »Versuchen Sie jetzt, sich zehn Zentimeter hochzustemmen. Drehen Sie sich in den Hüften und setzen Sie sich auf den Rand des Grabens. Dann heben Sie langsam die Beine – keine Angst, ich schau' nicht hin! Wenn Sie die Beine raushaben, rollen Sie sich auf die Seite, dann haben Sie's geschafft. Fertig?«

»Ich werd's versuchen.«

»Es wird weh tun. Sie haben sich verletzt.«

»Meine Beine sind ganz blutig von den Wurzeln. Es kitzelt, wo das Blut runterläuft. Aber das macht nichts ...«

»Also dann los! Eins, zwei ...«

Ihr Schrei, das berstende Geräusch nachgebender Erde und mein Hochstemmen kamen im selben Augenblick. Ich hatte sie zu lange in dem Graben gelassen; der Baum bewegte sich unter dem Himmel wie ein schrecklicher Finger. Ich spannte sämtliche Muskeln an und stieß sie aus dem Graben heraus. Der Baum lastete bereits auf mir, aber als sie aus dem Graben rollte, krallte ich mich fest und schwang mich heraus. Genau in diesem Moment blähte sich ihr karriertes Kleid, das ihr praktisch vom Leib gerissen worden war, im Wind auf und ließ sich wie ein flatterndes blaues Segel auf meinem Kopf nieder. Ich riß es von meinem Gesicht. Der Baum neigte sich krachend über uns. Ich packte sie und stieß sie noch einmal mit den Schultern fort. Der Boden zitterte von dem Aufprall des Baumes, und der ganze Wurzelstock löste sich aus dem Loch.

Sie lag mit dem Gesicht nach unten im Gras, bewußtlos und – abgesehen von ihrem Slip, Büstenhalter, Korsett und dem Blut, mit dem sie über und über beschmiert war – nackt wie am Tage ihrer Geburt. Ich deckte sie mit dem zerfetzten Kleid zu und fächelte ihr mit meinem Pullover Luft zu. Sie atmete kaum noch, ihr Gesicht war ganz blau. Ich drehte vorsichtig ihren Kopf und besprengte ihr Gesicht mit kaltem Wasser aus meiner Wasserflasche. Sie machte eine schwache, abwehrende Handbewegung, also war sie wenigstens wieder teilweise bei Bewußtsein. Ich wischte ihr das Wasser aus dem Gesicht und fragte: »Mrs. Val, können Sie mich hören? Verstehen Sie mich?« Sie nickte, und ich fragte weiter:

»Wie heißt Ihr Arzt? Oder soll ich zuerst Mr. Val anrufen?«

»Nein! Helfen Sie mir hinein!« stammelte sie.

»Sie meinen, ins *Haus?«*

»Ja, nur warten Sie noch einen Moment, bitte.«

»Mrs. Val, Sie sind in einer furchtbaren Verfassung, Sie brauchen sofort einen Arzt und ...«

»Ich ... hab' gesagt ... nein! Ich will ins Haus ... gleich!«

»Ich werde Ihnen helfen, so gut ich kann. Bleiben Sie hier, ich komme sofort wieder.«

Ich lief zu der Hütte, in der ich schlafen sollte, einem kleinen Häuschen mit vier Räumen und einer Veranda. Von dem Bett, auf das ich meinen Koffer gelegt hatte, riß ich die Decke hinunter und schnappte mir dann zwei grüne Kunststoffsessel mit Chrombeinen aus dem kleinen Wohnzimmer. Als ich zu Mrs. Val zurückkam, hatte sie sich aufgesetzt; ihr Atem ging stoßweise, sie hatte tiefe Falten im Gesicht, und das Haar hing ihr in die Augen.

Ich sagte: »So, jetzt wickeln wir Sie erst in die Decke, damit Sie sich nicht erkälten. Dann setze ich Sie in diesen Sessel hier, damit Sie sich etwas ausruhen können. Danach helfe ich Ihnen in den anderen Sessel, den ich ein paar Schritte weiter aufstelle. Dort ruhen Sie sich wieder aus. Dann bringe ich den ersten Sessel näher ans Haus und helfe Ihnen hinein, und Sie legen wieder eine Pause ein. Und so hüpfen Sie schön brav von Stuhl zu Stuhl, bis wir es geschafft haben, ja?«

»Ja, so schaff ich's.«

Sie schaffte es auch, indem sie sich jedesmal schwer auf mich stützte, aber während der letzten Ruhepause blieb sie bewegungslos sitzen und starrte stumpf vor sich hin. Schließlich sagte sie: »Duke, würden Sie mir einen Gefallen tun? Auch wenn es Ihnen komisch vorkommt, worum ich Sie bitte?«

»Selbstverständlich! Sagen Sie's nur.«

»Sie verstehen doch was von Erster Hilfe, nicht wahr?«

»Eigentlich nicht, nein.«

»O doch, ich weiß es ganz genau. Ich habe es gemerkt an der Art, wie Sie eben mit mir umgegangen sind. Ich möchte, daß Sie mich verarzten.«

»Mrs. Val, Sie brauchen einen Arzt!«

»Duke, ich möchte nicht, daß bekannt wird, was mir eben passiert ist. Es ist schlimm genug, daß ich aussehe wie ein Monstrum, das man auf einem Rummelplatz zur Besichtigung ausstellt. Und es ist schlimm genug, daß mir dauernd solche Dinge passieren. Aber daß ich noch dazu jedesmal zum Gespött der Menschheit werde ... daß alle Leute sich die Mäuler über mich zerreißen ... als wenn ich etwas dafür könnte ...«

»Das hatte ich nicht bedacht. Es tut mir leid.«

»Sie werden mir doch beistehn, nicht wahr?«

»Das fragen Sie noch, nachdem Sie mir geholfen haben?«

»Wieso habe ich Ihnen geholfen, Duke?«

»Indem Sie mich menschlich behandelt haben.«

»Man soll jeden Menschen menschlich behandeln.«

»Das tun aber nicht alle. Sie und Ihr Bruder und Ihre Schwägerin haben mir über einen schlimmen Tag hinweggeholfen. Sagen Sie, was ich tun soll, und ich tu's.«

»Ich möchte mich in Ihrer Hütte wieder in Ordnung bringen. Dort kann ich mich duschen, so bleiben in unserem Wohnhaus keine Spuren zurück. Bluttropfen auf dem Teppich und so weiter. In meinem Badezimmer finden Sie Pflaster und Verbandszeug, meine Kleider sind in dem Schrank in meinem Schlafzimmer. Sie holen die Sachen her, und in der Zwischenzeit denke ich mir etwas aus, was mir passiert sein könnte und was getan werden muß, um alle Spuren gründlich zu beseitigen ... alle Spuren dieses unglückseligen Unfalls.«

Das große Haus war innen genauso schön wie außen, modern möbliert, ganz in hellem Ahorn, mit hellen Teppichen, blauen Polstermöbeln und Kupferlampen. Ich fand die Sachen, die ich holen sollte, ging zu meiner Hütte zurück und stellte die Kerosinheizung an, damit Mrs. Val heißes Wasser hätte. Die Heizungsinstallation in der Hütte war längst nicht so komfortabel und modern wie in dem großen Haus, aber sie funktionierte. Als ich wieder zu Mrs. Val hinauskam, sagte sie, ich solle das Lunchpaket holen, nun müßte ich mich leider doch damit begnügen, und ich könnte essen, während das Wasser heiß würde. Ich setzte mich neben sie ins Gras und fing an zu essen. Während sie mir dabei zuschaute, erklärte sie mir, es wäre alles ganz einfach, man brauche nur das Loch wieder zuzuschaufeln, Sägespäne darauf zu streuen und den Baum so zu zersägen, daß die Äste auf den Sägespänen lägen und der Stamm auf den Ästen zu liegen käme. Die Kreissäge ließe sich in der Hütte anschließen, und ich brauchte dann nur noch ein bißchen zu schaufeln. Dann sollte ich Benzin über das Holz schütten und es anzünden, und alles würde in Rauch aufgehen, »bis zum letzten Zweig«.

Ich fand das Ganze zwar ziemlich verrückt, aber wenn sie es unbedingt so wollte, sollte sie ihren Willen haben. Ich trank heißen Kaffee aus meiner Thermosflasche und erzählte ihr, wie mir fast das Herz stehengeblieben sei, als ich sah, was für eine Todesfalle ich da gegraben hatte, im guten Glauben, der Baum hätte eine Pfahlwurzel. Und wir schauderten beide, als wir jeden einzelnen fürchterlichen Augenblick noch einmal durchlebten.

Aber wovon wir auch reden mochten, immer wieder kam sie auf ihre Figur zurück. Es klang wie eine Litanei, wenn sie wieder und wieder sagte: »Es kommt von den Drüsen, von den Drüsen, ich weiß es genau. Man kann nichts dagegen tun, nichts, überhaupt nichts. Ich weiß, daß ich meinen dreißigsten Geburtstag nicht mehr erleben werde. Ich beschwere mich ja gar nicht, nichts liegt mir ferner. Ich tue was ich kann, um diese Welt ein bißchen besser zu gestalten und wenigstens einen kleinen Beitrag dazu zu leisten. Aber kann man mich denn nicht in Ruhe lassen? Müssen sie, müssen sie alle mich zum öffentlichen Gespött machen und sich dauernd die Mäuler über mich zerreißen?«

Ich war wie vor den Kopf geschlagen, ich hatte sie für viel älter gehalten, als sie in Wirklichkeit war, für mindestens fünfzig. Endlich stotterte ich: »Ja … aber, na ja. *Sie* reden doch selbst darüber.«

»Sie haben gesagt, ich soll nicht aufhören zu reden, Duke.«

»Das war da draußen. Aber jetzt sollten Sie sich wirklich still verhalten.«

Schweißperlen bedeckten ihre Stirn, ich nahm ein Handtuch und tupfte ihr vorsichtig das Gesicht ab. Nach einiger Zeit fing sie wieder an. »Ach, Duke, das ist ja nicht alles. Die Leute lachen über mich. Und das ist das schlimmste, denn sie tun es bewußt, um mich zu kränken. Und sie wenden sich ab und schneiden Grimassen, als wäre ich ein ekelhafter Haufen Unrat, der auf der Straße liegt. Das zerreißt einem das Herz. Vielleicht können sie nichts dafür, daß sie so sind, obwohl es mir schwerfällt, das zu glauben. Warum sind sie so?«

»Die Menschen sind oft sonderbar.«

»Sie haben sich doch nicht so benommen, Duke!«

»Ich weiß nicht, wie Sie das meinen!«

»Das stimmt zwar nicht, aber es ist nett, daß Sie es sagen. Sie sind sehr liebenswürdig, Duke ... ich möchte Sie zum Freund haben.«

»Mrs. Val, ich muß Ihnen was gestehen!«

»Was denn, Duke?«

»Ich war im Gefängnis.«

»Ich habe nichts davon erwähnt, aber ich wußte es.«

»Eine ganze Nacht habe ich im Gefängnis gesessen, und wenn man einmal den Mond durch die Gitterstäbe betrachtet hat, behält man in der Seele eine Narbe zurück. Und dadurch, daß Sie nichts davon erwähnt und daß Sie mich menschlich behandelt haben, schmerzt die Narbe nicht mehr so sehr. Ich bin stolz darauf, daß Sie mich zum Freund haben wollen, und ich empfinde Ihnen gegenüber genauso.«

»Die Geschlagenen, Gequälten, Duke, die verstehen einander.«

»Das kann man wohl sagen.«

»Nur eins möchte ich Ihnen noch sagen.«

»Ja, Mrs. Val, was denn?«

»Sie sind trotz allem ein Gentleman.«

Das erschütterte mich zutiefst, und ich konnte eine Zeitlang nichts erwidern. Als sie sich dann duschte, half ich ihr durch den Vorhang hindurch, so gut es ging. Ich sah sie durch den schmalen Schlitz des Vorhangs, aber für mich war es kein abstoßender Anblick mehr, obwohl ihre Fettmassen schwabbelten und zitterten, als sie sich wusch. Ich sah nur ihre hübschen, schlanken Unterschenkel und konnte es kaum mit ansehen, wie sie unter diesem Fleisch zusammenzubrechen schienen.

3

Mr. Val war ein großer, hagerer Mann von etwa vierzig Jahren, mit grauem Haar, fahler Gesichtsfarbe und einem demütig gekrümmten Rücken. Ich weiß selbst nicht wieso, aber er ging mir auf die Nerven. Vielleicht, weil er sich dauernd die Hände rieb, wenn er sprach, und den Kopf wie ein Kellner ruckartig hin und her bewegte. Bestimmt war auch seine ewig hastige Art daran schuld, die sogar die Mädchen im Gericht in Marlboro aufgeregt hatte. Dauernd fiel er den Leuten ins Wort, hatte nie Zeit und hörte nie anderen Menschen zu. Ich verdankte ihm meine Freiheit und hätte ihn schon aus diesem Grund gern haben müssen – ich hab's auch versucht, wirklich. Aber in der halben Stunde, die er gebraucht hatte, um mich zur Farm zu bringen, gelang es mir nicht, auch nur eine einzige der vielen Fragen zu beantworten, mit denen er mich pausenlos bombardierte. Er unterbrach mich mitten im Satz, hupte, gab plötzlich Gas und machte dauernd irgend etwas, das mich am Reden hinderte.

So war er auch am Abend, als er nach Hause kam. Mrs. Val hatte ihm zugerufen, sie sei wieder da, und alles sei in bester Ordnung. Man sollte denken, er hätte zunächst seine junge

Frau begrüßt, nachdem sie eine Zeitlang verreist gewesen war, und wäre mit ihr ins Haus gegangen, als sie zur Küchentür herauskam. Statt dessen rief er ihr nur ein paar Worte zu und schrie gleich nach mir, ich sollte ihm beim Ausladen helfen. Ich war hinter der Hütte beim Holzhacken und durchaus gewillt, jeden seiner Aufträge sofort auszuführen. Aber es ärgerte mich, daß ich zu ihm hinrennen mußte, weil er ungeduldig mit den Fingern schnippte und auf den Kofferraum seines Wagens klopfte. Er sagte, ich solle die Thermosbehälter in die Küche und die in Leinsäcke eingenähten Schinken ins Lager bringen. Mrs. Val nahm nur die Thermosbehälter ab und stellte sie auf den Boden. Dann zeigte sie mir den Weg zum Kühlhaus, einem niederen Backsteingebäude auf der anderen Seite des Hofes. Sie öffnete das Sicherheitsschloß und sagte, ich solle die Schinken an die reihenweise an Stahlschienen angebrachten Fleischhaken hängen.

Als wir wieder herauskamen, stand Mr. Valenty draußen auf dem Feld und besah sich meinen Baum. Er brannte wie ein Feuer auf einem Ölfeld im Westen. Ich hatte es genauso gemacht, wie sie es wollte, und einen Haufen Sägespäne verwendet, da es hier zum Räuchern der Schinken große Mengen von dem Zeug gab. Ich ging zu Mr. Valenty hin und sagte: »Es tut mir leid, daß ich so lange dazu gebraucht habe, Sir. Einen ganzen Tag, um einen einzigen Baum auszugraben. Aber ...«

»Ich wollte nur wissen, ob Sie ihn *ganz* herausgebracht haben. Die gesamte Wurzel und alles. Natürlich braucht man dazu Zeit, das wußte ich von Anfang an. Aber Sie haben's geschafft, und Sie haben's richtig gemacht. Die Asche gibt einen großartigen Dünger ab. Wir werden sie mit einpflügen und später beim Aufhacken mit Kalk und anderem Dünger vermischen. Anfang Mai können wir unser Korn säen. Ich bin sehr zufrieden mit Ihnen, Duke!«

Mir wär's ja lieber gewesen, er hätte mich zur Abwechslung

auch mal was sagen lassen, aber wenigstens schien er's gut mit mir zu meinen, also ging ich in meine Hütte, um mich umzuziehen, da ich immerhin ein Paar anständige Hosen, ein Sportsakko und ein paar saubere Hemden besaß.

Das Abendessen war bemerkenswert gut und reichlich. Mr. Valenty hatte das noch warme Gemüse und den Nachtisch in den Behältern aus dem *Ladyship* mitgebracht; die Steaks holte er aus dem Kühlhaus. Er brachte das Fleisch – das größte Lendenstück, das ich je gesehen hatte – ins Wohnzimmer und sagte, ich solle mit dem Finger das Fleisch da eindrücken, wo ich mein Steak abgeschnitten haben wollte. Ich drückte das Fleisch etwa drei Zentimeter vom Rand ein, und er gab noch etwas zu und ritzte eine Markierung mit dem Messer ein. Für sich selbst markierte er ein dünnes Steak. Aber als er mit dem Fleisch in die Küche ging, folgte Mrs. Val ihm, und ich hörte sie sagen: »Nein, Val, bitte! Schneid mir eins ab wie das von Duke und trag den Rest wieder ins Kühlhaus. Das ist doch viel zuviel für mich, außerdem ist es zu dick zum Grillen.«

»Grillen? Das wird gebraten!«

»Aber das sind doch bestimmt drei Pfund Fleisch und ...«

»Du warst in St. Mary und hast dort wahrscheinlich nur Eselsfleisch vorgesetzt bekommen. Du brauchst was Richtiges zwischen die Rippen!«

Ich dachte bei mir: Will er ihr etwa dieses Riesenstück Fleisch zu essen geben? Das ist doch ausgesprochener Mord bei ihrem Gewicht! Ich hatte mich nicht geirrt, denn als sie zurückgewatschelt kam und sich hinsetzte, um aufs Essen zu warten, erklärte sie: »Duke, er meint es ja nur gut ... es ist das gleiche wie bei allen anderen auch. Er begreift einfach nicht, was dieses Gebrechen *bedeutet!* Es sind die Drüsen! Wenn ich das Zeug vor mir auf dem Teller liegen habe, *muß* ich's einfach essen, ich kann mich nicht beherrschen. Das ist bei allen übergewichtigen Menschen so. Ich brauche ja auch viel, sonst fühle ich mich so schrecklich elend. Aber all dieses Fleisch ...«

Auf einem Elektroherd ist eine Mahlzeit schnell zubereitet, und Mr. Valenty kam nach ein paar Minuten schon zurück und sagte, wir würden in der Küche in der Eßecke essen. Wir gingen hinüber, und ich bemerkte, wie seine Augen glitzerten, als er das Essen servierte; es war so hübsch und appetitlich angerichtet wie auf einem Reklamefoto. Ich sah auch, wie sie *aß*, ganz träumerisch, mit geschlossenen Augen, nachdem sie den ersten Bissen von dem Steak gekostet hatte. Sie schnitt jedes Stück Fleisch langsam ab, tunkte es in die blutige Sauce und kaute mit geschlossenen Augen. Damit sie nicht merkte, daß ich sie dauernd beobachtete, fing ich an, alles überschwenglich zu loben.

Aber Mr. Valenty hatte nicht mal für Komplimente Zeit, er machte sie sich lieber selbst. Er sagte: »Ja, das Steak ist okay, das geb' ich ja zu. Aber das tollste ist doch dieses Lunchpaket, das ich Ihnen heute mitgegeben habe, Duke! Mr. Vals Schnellimbiß hab' ich das Ding getauft, und es ist einfach revolutionär, jedenfalls für die amerikanische Hausfrau. Sie braucht nur bei uns anzurufen und bekommt es frei Haus geliefert, pro Person eine Aluform, die man einfach in den Backofen steckt, man braucht nicht mal die Verpackung aufzumachen. Wenn das Zeug heiß ist, macht man einfach die Form auf, und das Essen ist fertig. Nach dem Essen wirft man die Form in den Müllschlucker und ist fertig. Fünf Minuten am Backofen und fünf Minuten am Müllschlucker – im ganzen also zehn Minuten, um eine ganze Familie abzufüttern! Na, ist das nichts? Die Hausfrau hat viel Freizeit, sie kann tun, was sie will, sogar eine Stelle annehmen, wenn sie Geld braucht. Ich sage Ihnen ... einfach fabelhaft!«

Ich setzte noch einige dickaufgetragene Komplimente

obendrauf, und er hörte mir sogar eine knappe Minute zu. Dann unterbrach er mich plötzlich mitten im Wort. Er sagte: »Okay, Duke, fangen wir an!«

»Womit, Sir?«

»Mit Ihnen. Wie Sie auf Abwege gekommen sind, die ganze Geschichte. Moment, ich tu' nur schnell das Geschirr in die Spülmaschine, dann gehen wir rüber ins andere Zimmer. Ich möchte alles wissen. Alles!«

Er verbrachte ein paar Minuten in der Küche, und ich brauchte ein paar Minuten, um nach meinem Feuer zu sehen. Ich sagte, ich wäre stolz auf meinen Baum und das gesägte Holz, eigentlich nur, um die Sache aufzuschieben, denn ich hatte keine Lust zu reden. Aber eine halbe Stunde später saß Mrs. Val neben dem Kamin auf dem Sofa, und er in der anderen Sofaecke, die Knie bis ans Kinn heraufgezogen; ich saß gegenüber in einem Sessel.

Mr. Val sagte: »Also!« und mir blieb nichts anderes übrig, als anzufangen.

»Ich wollte unbedingt Boxer werden«, begann ich.

»Wieso?«

»Warum nicht? Ich bin einsachtundachtzig groß, stark wie ein Ochse und wiege hundertsiebzig Pfund. Wie geschaffen für gute Mittelgewichtsklasse. In der Armee kommt einem das sehr zustatten, es hilft einem weiter.«

»In der Armee? Wo war denn das?«

»In Deutschland.«

Ich erzählte von meiner Militärzeit, daß ich's bis zum Sergeant gebracht hatte und ging zurück bis in meine früheste Jugend, als ich noch ein kleiner Junge in Nevada war. Ich erzählte von dem Autounfall, bei dem meine Eltern ums Leben gekommen waren, und daß meine Großmutter mich aufgezogen hatte. Er fragte, ob sie noch lebe, ich sagte nein und dachte schon, er hätte sich ablenken lassen. Aber er fing wieder an:

»Also ... zurück zur Sache. Sie wollten unbedingt Boxer werden. Und weiter?«

»Dann merkte ich, daß ich nicht boxen konnte.«

»Und dann?«

»Dann merkte ich, daß ich's doch konnte.«

»Hören Sie, Duke, lassen Sie die Witze!«

Ich entgegnete, das wäre kein Witz, und versuchte, es ihm genauso zu erklären, wie es mir der Arzt erklärt hatte. Ich sagte: »Es hängt mit dem Adrenalin zusammen, das gibt einem die Kraft zuzuschlagen. Manche Boxer haben soviel Adrenalin wie sie brauchen, sie können also für Geld boxen. Ich hatte das nicht ... hatte keinen Killer-Instinkt, wie die Sportreporter es nannten. Aber leider stellte sich eines Tages heraus, daß ich diesen Killer-Instinkt sehr wohl besaß, wenn ich nur wütend genug wurde. Ich schlug einem Boxchampion den Kiefer kaputt und ...«

»Dann waren Sie Champion?«

»Nein, das war im Trainingslager.«

»Wie ist denn das passiert?«

»Der Kerl hatte mich um Geld betrogen.«

»Das versteh' ich nicht, Duke!«

»Ich arbeitete für ihn. Wenn man nicht richtig zuschlagen kann, gilt man nichts und kann höchstens den Burschen, die es können, beim Training helfen. Ich war sein Sparringspartner in Ojai, Kalifornien. Ich schlug ihn nieder und brach ihm den Kiefer. Und da er allerhand einflußreiche Geldleute zur Seite hatte, mußte ich machen, daß ich aus dem Staat rauskam. Ich fuhr per Anhalter mit einem Lastwagen von Ventura aus, immer nach Osten. Ich weiß selbst nicht, was in mich gefahren ist, als ich das Ding letzte Woche gedreht habe. Ich muß plötzlich durchgedreht haben und hatte nicht genug Adrenalin, um abzuhauen. Statt dessen hab' ich mich in dem kleinen Hotel aufs Bett gelegt und gewartet.«

»Moment mal, Duke …«

»Das ist alles. Dann kam die Polizei.«

»Moment. Was waren das für Typen, diese einflußreichen Geldleute, die hinter dem Champion standen?«

»Gangsterbosse.«

»Duke, laß mal für einen Augenblick das Adrenalin, die Gangsterbosse und den ganzen Quatsch beiseite und gib nur eine klare Antwort auf eine ganz einfache Frage, also …«

»Er hat sie doch schon gegeben!« Mrs. Val stand da in dem hellen Kleid, das sie angezogen hatte, wie ein rosa Zeppelin. Ihre Augen blitzten. »Bist du taub, Val? Oder schwer von Begriff, oder was? Er hat dir doch erklärt, daß er nicht für Geld boxen konnte, daß er nur dann zuschlagen konnte, wenn es darum ging, sein Recht zu verteidigen. Ist das nicht klar genug? Und ist das so schrecklich? Ich will dir was sagen, ich möchte ihn nicht um mich rum haben, wenn's anders wäre. Manchmal begreif ich dich einfach nicht, Val! Bill wußte auf den ersten Blick, daß Duke im Ring gestanden hatte, und daß er ein anständiger Kerl ist und …«

»*Bill* hat Duke gesehen?«

»Ich hab' dir doch gesagt, daß er hier war und …«

»Mehr will ich nicht wissen.«

Sie redeten noch eine Zeitlang aufgeregt miteinander, aber er gab schnell nach, und mir war nicht recht klar, wieso Bill bei der ganzen Sache eine so große Rolle spielte; ich sah da nicht durch. Er schien mehr als nur ein Schwager zu sein. Schließlich beruhigten sie sich, und Mr. Val sagte, er wolle sich mit mir noch mal den Baum ansehen. Er ging voraus, und sie flüsterte mir schnell zu, sie sei im Sägewerk ihres Vaters in St. Mary in den Stacheldraht gefallen … »was Sie natürlich nicht wissen können.« Das sollte ihre Version des Unfalls sein. Als wir zu den Resten des Baums kamen, ließ ich die beiden zurücktreten und stocherte mit einer Eisenstange in der Glut herum. Dann gingen wir wieder zurück, und Mr. Val blickte auf das Haus, das hell durch die Dunkelheit schimmerte mit den glitzernden Muschelschalen davor. Ich betrachtete den Mond, der jetzt so schön aussah, da ich ihn nicht mehr durch Gitterstäbe sah. Worauf Mrs. Val blickte, weiß ich nicht, aber es muß in weiter Ferne gewesen sein.

Nach einiger Zeit gingen wir wieder hinein, und als ich schließlich gute Nacht sagte, kamen sie mit zu der Hütte, um sich zu vergewissern, daß ich genügend Decken hatte. Nachdem sie wieder auf die Veranda hinausgetreten waren, sagte Mr. Val: »Wilkes Booth hat an diese Tür geklopft.«

»Val!« protestierte sie.

»Na ja, hat er doch auch!«

»Wie kannst du so was sagen!«

Ihre Stimme klang plötzlich scharf, aber er grinste nur, und ich hatte damals noch keine Ahnung, wer Wilkes Booth war, und wann er an meine Tür geklopft hatte. Aber später im Bett, nachdem ich ein Dankgebet gesprochen hatte und glaubte, schon eingeschlafen zu sein, fuhr ich plötzlich hoch. Ich hörte draußen ein Klingeln, das Klingeln einer winzigen Glocke, wie die Leute sie oft Katzen um den Hals binden. Mir fiel ein, daß das Badewasser durch eine offene Rinne in eine kleine Schlucht ablief. Vielleicht waren noch ein paar Blutstropfen darin, die irgendein Tier gewittert hatte. Doch das erklärte keineswegs das unbestimmte Gefühl von etwas Bösem, das da draußen lauerte.

Plötzlich wußte ich, wer Booth war.

Mir fiel ein, daß ich Gott zwar dafür gedankt hatte, daß ich wieder aus dem Gefängnis raus war, aber vergessen hatte, ihn um Verzeihung zu bitten für das, was mich hinter Gitter gebracht hatte. Ich holte das Versäumte nach; danach fühlte ich mich wohler, hörte draußen nichts mehr und schlief ein.

4

Während der nächsten Zeit ließ Mr. Val mich in Ruhe, zumindest fragte er mich nicht mehr dauernd über mein verpfuschtes Leben aus. Ungefähr zwei Monate war ich glücklich mit meiner Freiheit und meiner Arbeit, obwohl mir die Moskitos und wilde Bienenschwärme allerhand zu schaffen machten. Nun, da ich wußte, wie man an die Sache herangehen mußte, bekam ich die Bäume schnell heraus und hatte es in einer knappen Woche geschafft. Es wurde Zeit für die Aussaat. Zuerst wurde der Boden mit Kalk gedüngt, oder besser gesagt, doppelt gedüngt, weil er nicht sehr fruchtbar war, und umgepflügt. Anschließend düngte ich ihn noch einmal, und dann säte ich Salat, Spinat, Broccoli, Mais und einen Haufen anderer Gemüse. Ich hatte einen Traktor zur Verfügung sowie eine Hilfskraft, einen Negerjungen namens Homer, der am Abend als Parkwächter für das *Ladyship* beschäftigt war und jeden Tag zur Farm kam, um mit einem Laster das Gemüse abzuholen, das ich, sobald ich es ernten konnte, in Kisten verpackte.

Dazu kamen die Schinken, die sehr viel Geld brachten. Es war anscheinend zu kompliziert, sie in der Stadt für den Verkauf fertigzumachen, da sie auf der Farm nach einem alten Spezialrezept geräuchert und zubereitet wurden. Mr. Val brachte jeden Abend vier, manchmal sogar acht Schinken mit. Mrs. Val pökelte und kochte sie, spritzte mit einer kleinen Handpumpe irgendeine Flüssigkeit in eine der Venen, dünstete sie in einem Dampfdruckkessel, backte sie im Ofen und verpackte sie dann in Plastikhüllen mit dem Aufdruck MR. VALS FEINE SCHINKEN. Einmal im Monat räucherte ich. Ich rollte die Gestelle mit den Schinken in die Räucherkammer, streute Sägespäne auf den Boden, warf eine brennende

Zeitung darauf, schloß ab und beobachtete die Zugregler. Nach achtundvierzig Stunden kamen die Schinken heraus, braun wie Hickorynüsse. Wir bereiteten die Schinken meistens früh am Morgen zu, sobald Mr. Val zur Stadt gefahren war, aber ich sah Mrs. Val jeden Tag beim Mittagessen wieder und zog mich sogar meistens eigens für sie um. Oder streifte wenigstens den neuen Kittel über, den ich von meinem ersten Lohn – hundert Dollar und natürlich freie Kost und Logis – gekauft hatte. Jede Kleinigkeit brachte uns einander näher, wie zum Beispiel die Farbe, die der Kittel haben sollte. Ich wollte einen braunen, aber Mrs. Val sagte, ich hätte lieber einen blauen nehmen sollen, weil blau gut zu meinem blonden Haar passe und zu meinen blauen Augen, von denen ich gar nicht gewußt hatte, daß sie blau sind. Ich sagte, braun sei eine schöne, beruhigende Farbe, und wir stritten uns ein bißchen, obwohl ich es schön fand, daß überhaupt jemand sich darum kümmerte, was für Farben ich tragen sollte. Zwischendurch sprachen wir auch von ihrem Körpergewicht, aber immer nur andeutungsweise. Sie erzählte mir von der Kirche, in die sie immer ging, in der Branch Avenue in der Stadt; aber meistens sprach sie von der Kirche in St. Mary, in die sie als kleines Mädchen immer gegangen war.

Und dauernd aß sie, aß und aß, dicke Schinkenbrote, hinterher Kuchen, oft einen ganzen, dazu noch Eis, anderes Gebäck und Yoghurt. Und abends nahm sie dann ihre »einzige ordentliche Mahlzeit«, wie sie es nannte, zu sich. Wir ernährten uns hauptsächlich von Rindfleisch, Schweinebraten, Schinken, Kalb- und Hammelfleisch, und hin und wieder aßen wir auch einmal Geflügel. Außerdem gab es reichlich Kartoffeln, Gemüse, fette Saucen, Kuchen, Gebäck, Eis und schwere süße Desserts, aber nie Obst oder Salat. Es war das beste Essen, das man mir je im Leben vorgesetzt hatte und der reinste Selbstmord. Mit Mr. Val konnte ich natürlich nicht darüber sprechen, aber ich fühlte mich geradezu verpflichtet, es ihr zu sagen, sozusagen als Experte aus meiner Zeit im Trainings-Camp. Ich sollte jedoch die Überraschung meines Lebens erleben, als ich eines Tages im Verlauf einer harmlosen Unterhaltung beiläufig bemerkte, ich an ihrer Stelle würde das Riesenstück Torte, das sie sich auf den Teller geladen hatte, lieber nicht essen.

Zum erstenmal reagierte sie mir gegenüber absolut unfreundlich. Sie sagte: »Duke, ich glaube, ich habe Ihnen gleich am ersten Tag deutlich zu verstehen gegeben, daß ich keinen Wert darauf lege, mich über dieses unangenehme Thema zu unterhalten. Man soll mich doch endlich damit in Ruhe lassen! Ich weiß sehr gut, was es bedeutet, so dick zu sein – ich kenne die Konsequenzen! Ich weiß, daß ich über kurz oder lang auf dem kleinen Friedhof hinter der Kirche in St. Mary City landen werde. Aber von einem Freund sollte man eigentlich erwarten können, daß er unter diesen Umständen das Thema möglichst vermeidet.«

»Ein wirklicher Freund kann dazu nicht schweigen.«

»O doch, wenn er auf meine Freundschaft Wert legt, kann er das!«

»Es wird nicht mehr vorkommen.«

»Ich versuche doch wirklich, mein Bestes im Leben zu tun, Duke – genügt denn das nicht?«

»Ich wollte Ihnen nur helfen.«

»Duke! Ich werde noch verrückt, wenn das nicht aufhört!«

Zum erstenmal kam mir die ständige Litanei, wie sehr sie sich bemühe, hier auf Erden ihr Bestes zu tun, unaufrichtig vor. Aber der Aufschrei aus tiefstem Herzen war alles andere als unehrlich, auch der Blick, den sie mir zuwarf, als sie aufstand, von der Eßecke durch das Wohnzimmer in das Speisezimmer hinüberstampfte, am Fenster stehenblieb und zum Büro ihres Mannes hinüberstarrte. Von diesem Augenblick an wurde ich den Gedanken nicht mehr los, daß sie in ständiger Furcht lebte, nicht vor mir, nicht vor dem Friedhof in St. Mary City, sondern vor Val Valenty, ihrem Mann.

Dann kam der Abend im Juni, an dem er mit der Neuigkeit von der Party herausplatzte. Es hatte gegrillte Lammschulter gegeben, und wie gewöhnlich mampfte Mrs. Val noch lange mit geschlossenen Augen weiter, nachdem wir längst aufgehört hatten, zu essen. Er hatte sich zum hundertstenmal darüber ausgelassen, was er alles für die Frauen Amerikas getan hätte, als er plötzlich in einem seiner jähen Gedankensprünge sagte: »Aber nun sollten wir uns lieber über die Party unterhalten.«

»Was für eine Party?« fragte sie.

»Wir müssen unbedingt eine Party geben.«

»Aus irgendeinem bestimmten Grund?«

»Wir müssen endlich einmal Einstand feiern, nachdem wir uns mit unserem Haus derartige Mühe gemacht haben.«

Er schlug sich auf den Oberschenkel, lachte und erzählte ausführlich, unter welchen Schwierigkeiten sie das Haus umgebaut hätten; aber Mrs. Val schien das alles absolut nicht komisch zu finden.

Nach einer Weile fragte sie: »Wann soll diese Party denn stattfinden?«

»Am 4. Juli, dachte ich.«

»So bald schon?«

»Drei Wochen sind doch Zeit genug, sollte man meinen!« Er schwieg eine Zeitlang nachdenklich und meinte dann: »Na ja, vielleicht hätte ich dir wirklich eher Bescheid sagen sollen, aber jetzt ist nichts mehr daran zu ändern, der Kongreß erwartet das nun einmal von mir.«

»Kommt denn der Kongreß auch?«

»Großer Gott, nein, alle natürlich nicht! Aber ein paar Leute würden es mir sehr übelnehmen, wenn ich sie nicht einladen würde. Und da die Parlamentsferien vor der Tür stehen, bleibt tatsächlich nur der 4. Juli.«

Sie aß weiter, während er die Namen der Prominenten herunterleierte, die alle einmal im *Ladyship* gegessen hatten oder dort Stammgäste geworden waren. Dann sagte Mrs. Val plötzlich: »Duke, würden Sie uns bitte einen Augenblick allein lassen, ich habe etwas mit meinem Mann zu besprechen.«

»Natürlich, Mrs. Val!«

Ich sprang auf, einerseits erleichtert und andererseits besorgt, ging aus dem Zimmer, hinüber in die Hütte und legte mich schlafen. Eine Weile hörte ich sie noch miteinander reden.

Was sie redeten, verstand ich nicht, aber es klang ziemlich gereizt.

Als ich ihr am nächsten Morgen die Schinken brachte, sagte sie nichts, aber ihre Augen blickten schwermütig. Dann, als ich sagte: »Na, na, was ist denn?« brach sie in Tränen aus und ließ sich in den großen Sessel fallen, den sie immer in der Küche benützte, um ihre Beine nicht übermäßig zu strapazieren. »Ist das eine Art, einen Freund zu behandeln? Außerdem – was bedeutet schon eine harmlose Party?« fragte ich.

»Ich schäme mich, es zu sagen.«

»Essen und Trinken ist in Hülle und Fülle da, Personal auch ...«

»Das ist es ja gar nicht, es ist ... etwas, über das ich nicht reden kann.« Sie wechselte schnell das Thema und sagte: »Duke, da ist noch etwas. Er wird Ihnen einen Kittel mitbringen.«

»Ich hab' doch einen.«

»Einen *weißen* Kittel.«

»Oh ... Sie meinen, daß ich beim Servieren helfen soll?«

»Das ist Ihnen nicht angenehm, nicht wahr?«

»Wenn er es unbedingt will, kann man nichts machen.«

»Ich hab' Sie was gefragt!«

»Nun ja – begeistert bin ich nicht gerade von der Idee.«

»Ich wußte es. Ich weiß doch, wen ich vor mir habe. Sie reden nie über Ihre Familie ...«

»Das wäre in Nevada auch sehr unangebracht.«

»Wieso denn, Duke?«

»Wegen meiner Großmutter, oder besser gesagt, meiner Urgroßmutter. Sie soll in einer Spielhölle gearbeitet haben. In Virginia City; hübsche Mädchen waren damals dort Mangelware. Über die näheren Umstände, wie sie es zu etwas gebracht haben, redet man bei uns zu Hause nicht gern.«

»Miß Duke also?«

»Eigentlich Miß Duquesne.«

»Und Sie haben diesen Namen einfach geändert?«

»Warum – gefällt Ihnen Duke nicht? Der Name ist doch wenigstens kurz und prägt sich gut ein.«

»Sie sollten sich schämen.«

Dann sagte sie ernst: »Na schön, aber eins kann ich Ihnen garantieren: Ich werde es irgendwie zu verhindern wissen, daß Miß Duquesnes Urenkel eine weiße Kellnerjacke anzieht. Und wenn Bill mir dabei helfen muß; auf jeden Fall werd' ich dafür sorgen, daß Sie davor bewahrt werden.«

»Bill steht Ihnen sehr nahe, nicht wahr?«

»Reden wir nicht darüber, wer mir nahesteht. Im Augenblick bin ich schon mit dem kleinen Lichtblick zufrieden, daß ich Sie irgendwie da raushalten werde, und daß ich wenigstens darüber Miß Duquesne berichten kann, sollte ich ihr vorzeitig irgendwo dort oben begegnen.«

5

Von diesem Augenblick an beschäftigten wir uns nur noch mit der Party und sprachen kaum mehr von etwas anderem. Kam Mr. Val mit irgendwelchen Vorschlägen, war Mrs. Val grundsätzlich dagegen, ganz gleich, ob es sich nun um das Essen oder die Kleidung der Serviererinnen handelte. Sie sagte, die rosa farbenen Kleider, die die Serviererinnen im *Ladyship* im Sommer tragen, kämen überhaupt nicht in Frage; die einzig korrekte Bekleidung für eine Bedienung sei ein schwarzes Kleid mit weißer Schürze und weißem Häubchen. Außerdem könne Homer bei dieser Gelegenheit unmöglich seine übliche blau-goldene Admiralsuniform tragen, sondern allenfalls einen Anzug in gedämpftem Rotbraun mit der passenden Mütze, wie ein Privatchauffeur. Als meine weiße Kellnerjacke gebracht wurde, trennte Sie mit der Schere die mit roter Seide auf die Revers gestickte Aufschrift Mr. Val auf und riß mit den Zähnen die Fäden heraus. Mr. Val ließ sich alles gefallen; seltsam erregt nahm er jede ihrer Launen hin, denn je mehr Schwierigkeiten sie ihm machte, desto mehr verlor sie in Wirklichkeit an Boden. Die einzig wichtige Frage war nur: würde die Party überhaupt stattfinden, und diese Frage hatte sie nie verneint. Aus dem angstvollen Ausdruck ihrer Augen schloß ich, daß ihr keine andere Wahl blieb.

Endlich war es soweit; der 4. Juli fiel auf ein langes, heißes Wochenende, trotzdem war der Verkehr auf der Bundesstraße 5 nur mäßig.

Geplant war eine Cocktail-Party am späten Nachmittag; der Morgen verlief also verhältnismäßig ruhig. Mr. Val fuhr gegen Mittag in die Stadt, und ich inspizierte noch einmal den Rasen, den ich gemäht und in tadellosen Zustand gebracht hatte; ich wollte mich vergewissern, ob nicht etwa Betrunkene im Vorüberfahren die samtiggrüne Fläche mit Bierdosen und ähnlichem Unrat verunziert hatten. Als ich auf dem Rückweg am Haupthaus vorbeikam, rief Mrs. Val mir zu, ich möchte bitte hereinkommen und mir ihr Kleid ansehen. Ich ging ins Wohnzimmer, und sie erschien in einem orangefarbenen Taftkleid, mit weißen Schuhen und einer Perlenkette. Sie sah aus wie ein zu einem Wal entarteter Goldfisch, aber ich nahm die Sache ernst und überlegte eine Zeitlang. Schließlich sagte ich, mit ihrem dunklen Haar und dem orangefarbenen Kleid könnte man gut einen spanischen Effekt hervorrufen, nur würde das weiße Beiwerk nicht passen. Sie fragte, ob rot besser passen würde, und ich sagte, auf jeden Fall. Sie ging ins Schlafzimmer und kam in dem orangefarbenen Kleid zurück, nur hatte sie jetzt dunkelrote Schuhe und eine Halskette aus dicken dunkelroten Holzkugeln an. Ich sagte, ich fände sie so viel hübscher und war froh, daß das auch der Wahrheit entsprach. Ihre Augen wurden ganz schwarz und groß; sie freute sich wie ein Kind.

Gegen zwei Uhr, als ich halb angezogen in meinem Zimmer herumlungerte, ging es los. Zuerst kam Homer in dem Lastwagen, den er immer fuhr, zusammen mit einem Tellerwäscher namens Bardie, und einem Haufen Zeug: eine Warmhaltetruhe, eine Kühltruhe, ganze Batterien von Flaschen, Gläsern, Geschirr und so weiter. Die beiden trugen alles in die Küche, holten sich ihre Uniformen, die auf Kleiderbügeln im Führerhaus des Lasters hingen, und kamen zu mir in die Hütte, um sich umzuziehen. Der rotbraune Chauffeuranzug war aus feinstem Mohair, und Homer, der groß, schlank und hellhäutig war, fand sich darin unwiderstehlich und war selig, weil der Anzug federleicht war, und er darin bestimmt nicht schwitzen würde. Bardies Uniform war weiß; er zog sich um und ging gleich ins Haupthaus hinüber. Homer schnüffelte überall herum, teilweise, um sich vor der Arbeit zu drücken, vor allem aber, um sich zu überlegen, wie er die Wagen der Gäste möglichst alle hinter dem Haus unterbringen konnte, da die vordere Auffahrt frei bleiben sollte, damit ihre Schönheit nicht beeinträchtigt würde.

Dann kam Jake, der Barkeeper, in einem gelben Kabriolett, und Emil, der Küchenchef in seinem knalligen Wagen, gefolgt von Mr. Val mit seinen drei Serviererinnen, die er in seinem Wagen mitbrachte, der allerdings an Emils auffallenden Straßenkreuzer nicht heranreichte. Jake und Emil zogen sich auch bei mir in der Hütte um und riefen den Mädchen durchs Fenster zu, sie sollten nur hereinkommen und sich mit ihnen zusammen umkleiden. Ihrem Aussehen nach hätten die Mädchen das bestimmt nur zu gern getan, aber Mr. Val fuhr dazwischen und befahl, sie sollten sich im Haupthaus umziehen.

Es war mittlerweile fast vier Uhr, und ich stand wieder allein in meinem Zimmer, in meinen guten Hosen und meinem Sonntagshemd; die Kellnerjacke hatte ich vorsichtshalber auf dem Bett ausgebreitet. Der kleine Lichtblick, von dem Mrs. Val gesprochen hatte, war eine Illusion gewesen; ich war davon überzeugt, nun doch die Getränke servieren zu müssen. Dann hörte ich plötzlich, daß das Telefon klingelte und Mr. Vals Stimme, die nach mir rief. Ich ging sofort hinaus, und er kam mir aufgeregt im Hof entgegen. Er sagte: »Duke, Bill hat gerade angerufen. Er sitzt in der Klemme. Sie wissen doch, er ist bei dieser Aktiengesellschaft beschäftigt – bei der *Southern Maryland Tobacco Growers Association* in Waldorf. Und ausgerechnet heute kommt eine Lieferung von Traktoren an, und die Dinger müssen irgendwo abgestellt werden. Er fragt, ob Sie das nicht machen könnten. Was meinen Sie, Junge, läßt sich das einrichten?«

»Ich glaub' schon, Mr. Val.«

»Es bedeutet, daß Sie von der Party wahrscheinlich nichts mitbekommen.«

»Was sein muß, muß sein.«

»Danke, Duke. Wissen Sie, ich brauche Bill aus einem ganz bestimmten Grund, ich kann's ihm nicht gut abschlagen. Ohne Bill keine Party – jedenfalls keine richtige Party.«

»Soll ich mit dem Bus fahren, oder ...«

»Bill fährt sie selbst raus.«

Mrs. Val stand plötzlich neben mir, blickte mich an und sagte: »Duke, ich bin Ihnen außerordentlich dankbar.«

Bill erschien verdächtig schnell, unterwegs redete er nicht viel, außer, daß ich mich in Waldorf umsehen sollte, um es später auch beschreiben zu können. Ich hatte es mir ganz richtig vorgestellt: ein kleiner Ort, etwa zwanzig Meilen weiter nach Süden, mit Holzschildern, die Bars anläßlich des vierten Juli hell erleuchtet, ein Tabaklager, aber weit und breit keine Traktoren. Bill hielt vor einer Bar an, und wir gingen hinein. Marge saß in einem hübschen schwarz weiß getupften Kleid bei einem Drink in einer Nische und hielt uns Plätze frei. Bill fragte sie: »Hat Mutter schon angerufen?«

»Sie kommt später mit deinem Vater und den anderen. Wir wollten uns alle hier treffen.«

Bill zwinkerte mir zu und sagte: »Die St.-Mary's-County-Clicke. Sie werden alle Holly zuliebe an der Party teilnehmen, allerdings nur, wenn ich den Leithammel mache. Deshalb braucht Val mich auch, nicht etwa, weil er mich besonders mag.« Nach einer Weile fügte er hinzu: »Mensch, ist Holly sauer, weil sie all diese Leute einladen mußte!«

Das erklärte vieles, und ich war froh, daß ich mich zu ihnen setzen und mir mit ihnen die Zeit vertreiben konnte.

Die Bar war angenehm schummerig, war nur schwach besetzt, hatte eine Klimaanlage und eine Reihe Spielautomaten. Nachdem Bill seinen Manhattan und ich meinen Coke hatte, spielten wir eine Zeitlang; Bill und Marge verloren, und ich gewann fünf Dollar. So hatten sie nichts dagegen, daß ich auch eine Runde ausgab. Wir verstanden uns großartig, und ich kam schließlich auf die Idee, daß ich von ihnen vielleicht Näheres über die eigenartigen Umstände meiner Entlassung erfahren könnte. Ich sagte: »Solange wir noch unter uns sind, gestatten Sie mir eine Frage. Was für ein Ding ist eigentlich damals mit mir gedreht worden? Ich meine ... wieso bin ich entlassen worden?«

Eine Weile herrschte Schweigen, dann antwortete Bill sehr vorsichtig: »Es könnte etwas mit Politik zu tun haben.«

»Hat Mr. Val denn mit Politik zu tun?«

»Mit was hat er schon nichts zu tun?«

Ich hatte das Gefühl, als wollten sie mir noch mehr sagen, und Marge rückte auch gleich darauf damit heraus:

»Duke, die Presse hat kein Wort von Ihrem Fall erfahren, und wir sind mit Holly der Ansicht, je weniger darüber geredet wird, desto besser. Aber da Sie das Thema nun einmal angeschnitten haben, sollen Sie ruhig wissen, daß Val tatsächlich etwas mit Politik zu tun hat und zwar auf höchst merkwürdige Art. Wann er damit angefangen hat, wissen wir nicht, da er älter ist als wir, und wir kannten ihn damals auch noch nicht. Er stammt aus dem Bezirk Prince Georges, aber er suchte sich in der Stadt eine Stelle als Pikkolo, in einem Lokal am Dupont Circle. Da ein Pikkolo, wie er immer behauptet, ein Geschäftsmann ist, der für Kellner arbeitet und von ihnen bezahlt wird, war es für ihn kein allzu großer Schritt, als er bald sein eigenes Lokal eröffnete. Damals fing es an. Er stellte Mädchen ein, aber nur eine bestimmte Sorte. Sie wohnen in Prince Georges, arbeiten aber im Kreisgebiet. Ihre und ihrer Familien Wählerstimmen sind das Fundament von Vals Stärke. Und was nun Sie betrifft, Duke, einige dieser Mädchen haben Freunde, zum Beispiel Polizeibeamte. Manche von diesen

Mädchen, vor allem die Kassiererinnen, geraten in Schwierigkeiten, und wenn es einmal soweit ist, hat Val sie in der Hand; der Rest ist für ihn ein Kinderspiel. Ein Anruf genügt. Und genau das muß sich abgespielt haben, ehe Sie diese Dummheit machten. Nämlich, daß dem Polizeibeamten Danny Daniel, der mit diesem Mädchen aus dem *Ladyship* ein Verhältnis hatte, einfach gesagt wurde: Schnappen Sie sich jemand, verdonnern Sie ihn und sperren Sie ihn ein. Der Zufall wollte, daß Sie derjenige waren, das ist alles.«

»Dann kommen heute auch Mitglieder des Kongresses zu der Party?«

»Diejenigen, die er eingeladen hat, ja.«

Bill meinte: »Ein gutes Essen, ein Besäufnis und obendrein noch eine Pressenotiz – das läßt sich doch keiner von diesen Burschen entgehen!«

»Wenn man also geschäftlich was erreichen will, muß man sich mit Politik beschäftigen, wie?«

Marge ließ die Bemerkung durchgehen, aber Bill nahm sie nicht so ohne weiteres hin. Er fragte: »Duke, was verstehen Sie eigentlich unter Politik?«

»Oh ... Geld. Schmiergelder. Betrug und alles mögliche.«

»Das ist aber nicht alles.«

Er lehnte sich vor, stützte die Ellbogen auf den Tisch und sah mich zum ersten Mal, seit wir in diesem Lokal waren, scharf an. Er sagte: »Es ist bei weitem nicht alles, und da Sie das Thema angeschnitten haben, sollen Sie wissen, warum Sie ausgerechnet hier sind und nicht irgendwo anders. Politik bedeutet Macht. Macht über Sie, über die Mädchen, über Holly, über mich, über Mitglieder des Kongresses, die kommen müssen, wenn er pfeift. Es ist Macht, die man benutzt, mißbraucht und mit der man Geschäfte macht. Macht, die man einsetzt, um noch mehr Macht zu erlangen. Fragen Sie mich nicht, warum sie so hinter Macht her sind. Ich weiß es nicht, wahrscheinlich wissen sie's selbst nicht. Aber die Burschen, die sich bestechen lassen, die unbedingt ihr Bild in der Zeitung sehen wollen, spielen diesen Leuten direkt in die Hände. Diese Burschen sind scharf auf Geld, genau wie Val scharf ist auf Geld, oder Sie, oder ich – wer von uns wäre nicht scharf darauf. Aber für die ist das nur eine Begleiterscheinung, die Hauptsache ist die Kette, das Eisen, in das sie uns schlagen, so daß wir tun müssen, was sie wollen – und noch dazu gute Miene zum bösen Spiel machen müssen! Selbstverständlich, Senator, die Sache wird heute noch in die Wege geleitet, es ist mir eine Ehre. Den Teufel ist es das!«

»Für wie lange hat man mich verdonnert, auf Vals Farm zu arbeiten?«

»Was hat denn Daniel gesagt?«

»Gar nichts. Ich mußte ein schriftliches Geständnis ablegen, alles andere hängt in der Schwebe. Bis ich mich gebessert habe, nehm' ich an, aber wann ist das?«

»Ich denke, wenn Vals Arbeit getan ist, im Herbst. Früher, mit dem Vieh, gab's auf einer Farm auch im Winter viel zu tun. Aber das ist ja jetzt hoffentlich vorbei.«

»Das klingt nicht sehr überzeugend, Mr. Hollis.«

»Duke – Val ist nun mal Val.«

Marge sagte: »Ach, Bill, so schlimm ist er nun auch wieder nicht.«

»Und ob er das ist! Er ist noch viel schlimmer!«

Das klang ziemlich bitter, und ich fragte mich, ob man Bill auch an die Kette gelegt hatte, vielleicht in finanzieller Beziehung. Marge lenkte ab und sprach über die Farm, und jetzt erst erfuhr ich, daß sie und Bill früher auf der Farm gelebt hatten, da das Anwesen in Wirklichkeit Mrs. Val gehörte, die *Hollis Hill* – so hieß die Farm – geerbt hatte. Sie hätten versucht, dort Tabak anzupflanzen, erzählte Marge, aber fünfundzwanzig Morgen lohnten nicht für Tabak, der Ertrag sei zu gering. Als Val dann die Farm übernahm, hatte er die Hütte versetzt und das große Haus umgebaut: »Damals fingen die Schwierigkeiten an«, erklärte Marge, »weil wir keine Lust hatten, wie Tagelöhner im Hinterhaus zu wohnen und für Val Kartoffelkäfer zu fangen.« Sie sagte, die Tabakfirma sei froh gewesen, Bill zu bekommen, »sehr zu Vals Überraschung«.

Draußen fuhr ein Wagen vor; Bill schaute auf die Uhr, und ich bat um meine Rechnung. Ich sagte: »Eins versteh' ich immer noch nicht. Wenn Mr. Val eine derartige Machtposition hat, von dem vielen Geld ganz zu schweigen, wieso braucht er dann mich? Warum stellt er nicht einfach jemand ein?«

»Weil Booth vorbeikommt, deshalb.«

»John Wilkes Booth, meinen Sie?«

»Ja, wie zum Beispiel in der Nacht, in der er in Surrattsville die Flasche Schnaps kaufte. Er hat es ziemlich übelgenommen, daß man ihm nicht aufgemacht hat.«

Marge sagte: »Uns hat er bis jetzt immer in Ruhe gelassen.«

»Liebling, ich liebe dich, und wir führen ein anständiges Leben. Aber Duke darf nicht vergessen, daß es Angestellte gibt, die das nicht tun. Sie haben Angst, aus gutem Grund. Genügt das als Erklärung, Duke?«

»Ich glaub' schon. Danke.«

Draußen fuhren immer mehr Wagen vor; ein älteres Ehepaar sah Bill und seiner Schwester ähnlich. Sie sahen alle nett aus, genau wie Bill und Marge. Die Sonne schien, und der Verkehr auf der Straße nahm zu. Doch nach allem, was ich erfahren hatte, besonders nach dem, was ich zuletzt erfahren hatte, mußte ich, während ich bezahlte, dauernd an die Worte von Mrs. Val denken, damals bei dem Baum, als sie dieses Land »tragisches Land« genannt hatte.

6

Sie schärften mir ein, was ich sagen sollte von den Traktoren, die ich angeblich hatte unterstellen müssen; von dem Bus, mit dem ich angeblich zurückgefahren sei und so weiter und setzten mich schließlich gegen halb sieben in Clinton ab. Ich ging essen, lungerte ein bißchen herum und schlenderte, als es endlich dunkel wurde, den Weg hinauf, um zu sehen, ob die Party zu Ende war und ich hineingehen konnte. Das Haus war noch hell erleuchtet, aber es schienen nicht mehr viele Leute da zu sein, also ging ich die Auffahrt hinauf, ständig darauf gefaßt, die Flucht ergreifen zu müssen, wenn doch noch was schiefgehen sollte. Plötzlich stand Bill vor mir, immer noch in seinem hellgrauen Anzug; er sprach sonderbar stockend und undeutlich, als wäre er betrunken. Er sagte:

»Duke ... halt, stop! Sind Sie das? Warum sagen Sie denn nix?«

»Ja, ich bin's, klar.«

»Setzen Sie sich. Bin ganz schön in der Klemme.«

»Wieso ... haben Sie sich mit jemand rumgeprügelt?«

»Verdammt noch mal ... lassen Sie den Quatsch!«

»Was ist denn los, Freund?«

»Hab' das Zeug vergessen.«

»Zeug? Was für Zeug denn?«

»Für sie. Für Holly. Jetzt isses passiert, Duke, hab's ja kommen sehen! Beide Knöchel verstaucht – schlimm! Alles dick geschwollen, ganz fürchterlich. Mußte ja so kommen, und der Kerl hat genau gewußt, daß es so kommen würde, aber die gottverdammte Party mußte ja sein! Und kein Arzt weit und breit! Aber Val gibt groß an. Er sagt, Umschläge machen. Mit so'm Zeugs aus der Apotheke, und Marge hat mich geschickt, das Zeug holen. Hab' vergessen, wie's heißt, das verdammte

Zeug. Hören Sie, Duke, gehen Sie doch rein und reden Sie mit Marge und versuchen …«

»Hieß das Mittel vielleicht Epsom?«

»Verdammt noch mal, das ist es! Ach, Mensch, Kumpel!«

»Kommen Sie, Bill, wir müssen uns beeilen.«

»Ja ja, aber erst muß ich mich bei Ihnen bedanken.«

»Kommen Sie, ich fahre.«

Sein Wagen stand auf der Straße, und während er nach dem Schlüssel suchte, fuhren drei oder vier Taxis an uns vorbei die Auffahrt hoch. Bill sagte: »Homer ist abgehauen wegen Booth. Hat sämtliche Wagenschlüssel mitgenommen, 'ne Menge Leute müssen mit Taxis heimfahren. Freut mich sehr! Diese verdammten Kongreßhengste – alles dreckige Geizkragen!«

»Junge, wir müssen uns beeilen. Mit solchen Knöchelverletzungen ist nicht zu spaßen. Je mehr sie anschwellen, desto schlimmer werden die Schmerzen.«

»Hab' die Schlüssel schon. In der Hand. Da.«

Ich nahm sie ihm ab, verfrachtete ihn in den Wagen und fuhr zur Stadt. Er sagte, er wäre total betrunken, und ich sollte ihn nicht weitersprechen lassen. Etwa eine Meile lang redete ich pausenlos auf ihn ein, dann sagte er: »Val ist niedriger als 'n Wurm! Duke, wie konnte Holly nur so einen verdammten Schuft heiraten?«

»Wenn sie ihn mag, ist's doch ganz in Ordnung.«

»Ihn mögen? Sie mag nur, was er ihr gibt!«

»Hören Sie auf. Sie sind ja betrunken!«

Was er sagte, machte mich ganz krank; ich wünschte, er würde aufhören. Er sagte: »Das Essen, was er ihr gibt, *das* mag sie.«

»Sie ißt nun mal gern.«

»Könnten Sie ihr so viel zu essen geben, Duke?«

»Nein. Sie?«

»Nein. Val kann's aber!«

Er schwieg eine Weile und fing dann wieder an. »Duke, wenn der Kerl wenigstens hinter Holly her wäre, wie ein Mann hinter 'ner Frau her ist, würd' ich mir's ja noch gefallen lassen. Aber was sagen Sie dazu, Duke ... der Dreckskerl macht sich nicht mal was aus ihr, der hat sie doch nur genommen, weil sie eine *Hollis* ist!«

»Und die Hollis sind wohl was ganz Besonderes? Sind Sie nicht auch ein Hollis?«

»Und ob! Bin eben auch was Besonderes! Weißt du überhaupt, du armselige Nevada-Ratte, daß die Hollis mit der *Arche* und der *Taube* in Amerika gelandet sind? Ist das vielleicht nichts Besonderes?«

»Von der Arche hab' ich natürlich gehört, auch von den Tieren, die paarweise mitgenommen wurden. Aber das von der *Taube ist* mir neu.«

»Die *Taube* war 'n Schiff!«

»So eins wie die Arche?«

»So eins wie die *Mayflower,* nur schöner. Also, Duke, laß gefälligst die blöden Bemerkungen, hör auf damit, sag' ich, *hör auf!* Ich bin total besoffen, und ich erklär' dir's so gut ich kann. Die Hollis sind gekommen, mit der *Arche* und der *Taube,* nach St. Mary's City. Und für Abschaum wie Val, für einen gottverdammten Kellnerlehrling, ist das dasselbe, als hätte er den lieben Gott geheiratet. Dasselbe, Duke, sogar noch mehr. Gott liebt nämlich alle Menschen. Ein Hollis würde den Kerl nicht mal anspucken!«

Er stieß noch einige gotteslästerliche Flüche aus und entschuldigte sich dann. Die Leute in Prince George, sagte er, könnten eben nicht richtig fluchen, während die in Anne Arundel spielend meterlange Flüche rausbrächten. Aber ich war froh über das, was er sagte, denn ich ersah daraus, daß diese Ehe mit Liebe nichts zu tun hatte. Anstatt Bill zu bremsen, brachte ich ihn durch scheinbar harmlose Zwischenfragen soweit, daß er plötzlich herausplatzte: »Er hat sie mit den Füßen an einem *Brett* festgenagelt! Wie man's mit *Gänsen* macht!«

»Was für Gänse, Bill?«

»Mit Mastgänsen, die man stopft.«

»Oh, Sie meinen Gänse, die man mästet, um eine möglichst große Leber für die Gänseleberpastete zu bekommen?«

»Was fragste denn, wenn du genau weißt, wie's gemacht wird! Duke, sie hätt' den Kerl doch mit keinem Blick angesehn, wenn's ihr nicht ums Essen gegangen wär'! Sie ist durchgebrannt, verstehst du? Vor fünf Jahren, einfach durchgebrannt, weil sie in St. Mary keine Arbeit finden konnte. War gerade erst achtzehn geworden und hat in Washington 'ne Stelle angenommen; in der Branch Avenue hat sie gewohnt. Ging immer zum Essen in Mr. Vals Restaurant. Hat ihr ganzes Geld für Essen ausgegeben. Essen, essen, essen – sie mußte einfach dauernd essen, sonst wär' sie gestorben, Duke. Dann ging's los. Sie bekam die Fettsucht und diese Drüsengeschichte. Und dann hat er den Hebel angesetzt.«

»Was hat er denn gemacht?«

»Aus *ihr* hat er sich nie was gemacht, das brauchste nicht zu denken. Bis er ihren *Namen* erfuhr. Hollis. *Hollis!* Sakrament noch mal, für diesen Dreckskerl Valenty war die Familie Hollis doch so unerreichbar wie Gott, nur *noch* begehrenswerter! Und dann hat er sie festgenagelt. Ihre Füße festgenagelt. Er hat den Fraß nur so in sie reingestopft; große, dicke Steaks und so weiter – und zwar kostenlos! Zum erstenmal im Leben bekam sie so viel zu essen, wie sie wollte, und auch noch umsonst! Da hat sie glatt den Verstand verloren, sie war ganz wild auf ihn, nicht mehr zu halten war sie! Und eines Tages sagte er: ›Na, wie wär's, Miß Hollis, wollen wir heiraten?‹ Sie hat ihn glatt ausgelacht, Duke! Und dann drehte er den Hahn plötzlich zu, und sie mußte wieder sieben

Dollar achtzig für ein Steak bezahlen. Er zog die Kette immer enger, Duke, die er ihr um den Hals gelegt hatte. Kein Steak mehr umsonst, keinen Kuchen, keinen Pudding, kein Eis – nichts! Drei Tage lang, Duke. Dann war sie soweit, und er hatte sie da, wo er wollte. Sie hat ihn geheiratet, Duke, es war 'ne Mordshochzeit. Ich hab' getan, was ich konnte, um's zu verhindern, und Marge auch, aber 's hat alles keinen Zweck gehabt, verdammt noch mal! Und dann kriegte er plötzlich die Idee mit der Auffahrt. Er kannte einen Burschen, den hatte er auch irgendwie an der Kette, der hatte 'nen großen Haufen Austernschalen, war'n Fischhändler, der Kerl. Ich hab' gesagt: Val, *ich* bau' dir die Auffahrt. Ich hab' sie auch gebaut, hab' die gottverdammten Austernschalen rausgeschleppt und die Auffahrt gebaut. Hab's in die Länge gezogen, so gut ich konnte; sechs Monate hab' ich rumgetrödelt, bis die Auffahrt fertig war, nur damit er nicht einziehen konnte. Und was hat's mich genützt? Das siehst du ja. Er hat sie. Der verdammte Bastard hat sie an die Kette gelegt.«

Bill verlor das Bewußtsein und sackte zusammen wie ein nasser Sack, und als ich im Drugstore das Medikament für Mrs. Vals Knöchel mit meinem eigenen Geld bezahlte, hatte ich ein ganz leichtes Gefühl im Kopf; ich war wie berauscht von dem Gedanken, daß sie sich aus diesem Mann überhaupt nichts machte, sondern nur hinter seinem Essen her war.

Auf dem Rückweg fragte Bill plötzlich, wo wir eigentlich wären, und knurrte: »Was hab' ich denn alles zusammengeredet? War ich wieder mal besoffen?«

»Ach, alles mögliche dumme Zeug, ich hab' gar nicht richtig hingehört.«

»Das ist gut, Duke. Danke.«

»Ich hab' schon vergessen, was Sie geredet haben, es war auch nur unzusammenhängendes Zeug.«

»Kumpel, du bist richtig!«

Ich parkte in der Auffahrt vor dem Haus und hatte kaum die Scheinwerfer ausgeschaltet, als Marge auch schon angelaufen kam; sie war so aufgeregt, daß sie kaum ein Wort herausbrachte. Ich gab Bill die Wagenschlüssel zurück und Marge das Epsomsalz, wobei ich ihr mehrmals ans Herz legte, die Umschläge nur ja nicht heiß, sondern höchstens lauwarm zu machen. Sie ging sofort in Mrs. Vals Schlafzimmer. Die Szene im Wohnzimmer erinnerte mich an einen Alptraum: Val lief hin und her, schnippte mit den Fingern und kümmerte sich einen Dreck um das Epsomsalz; die Serviererinnen rannten durcheinander und räumten Geschirr und Gläser ab, und der Zwerg, der auf dem kleinen Sofa thronte, sah aus wie eine Witzfigur. Er war schätzungsweise fünfzig, ein kleiner Mann im blauen Anzug, blauem Hemd, grauen Hosen und zweifarbigen Schuhen, mit weißem Haar und einem roten, sonnenverbrannten Gesicht. Er war fuchsteufelswild und ließ sich weder durch das Gerede über Mrs. Vals Knöchel noch sonst was von seiner Wut ablenken. Val mochte sagen, was er wollte, der Mann beharrte stur auf seiner Forderung: »Aber Mr. Val, ich muß Sie leider bitten, mich sofort nach Hause zu fahren. Ich werde *kein* Taxi nehmen! Ich bestehe darauf, daß Sie mich ...«

»Selbstverständlich, Herr Regierungskommissar, wenn ...«

»Ich möchte jetzt sofort nach Hause, Mr. Val!«

»Aber der Junge ...«

»Ist verschwunden, wie Sie mir versichert haben«.

»Und meine Frau ...«

»Ich habe Ihrer Gattin persönlich mein Bedauern ausgesprochen, Mr. Val. Sie ist damit einverstanden, daß Sie mich nach Hause fahren. Wenn Sie also so gut sein wollen ...«

»Das – das ist eine Unverschämtheit!«

Er hatte den affektierten Ton abgelegt und redete auch nicht mehr von Etikette. Ich packte Bill schnell am Arm, zerrte ihn zu meiner Hütte hinüber und legte ihn auf mein Bett. Als ich den Kleiderschrank öffnete, um seine Jacke auf einen Bügel zu hängen, fand ich Homers rotbraunes Jackett, das in meinem Schrank hing – mit sämtlichen Wagenschlüsseln in der Tasche. Der Regierungskommissar, der nur nachgekommen war, suchte sich seinen heraus und fuhr endlich in die Stadt zurück. Mr. Val zerrte eine Liste aus der Tasche und fing an, einen Haufen Leute anzurufen, um ihnen zu sagen, die Wagen würden ihnen noch heute nacht geschickt, da sich mittlerweile alles geklärt habe. Die Wagen würden bald wieder vor ihrer Tür stehen und die Schlüssel abgeliefert werden. Mir war klar, daß ich die ganze Nacht Wagen in die Stadt zurückbringen würde, mit einem Taxi wieder zur Farm zurückkehren und den nächsten Wagen in die Stadt fahren mußte, und so weiter.

Ich setzte mich auf das kleine Sofa im Wohnzimmer, um mich mit diesem Gedanken vertraut zu machen und erst einmal alles zu verdauen, was ich in dieser Nacht gehört und gesehen hatte – vor allem aber die Tatsache, daß Mr. Val vor einem kleinen Regierungsbonzen kuschte, während Marge ihn mit zwei Sätzen fertigmachen konnte. Ich war ziemlich verbittert, nicht, weil ich die ganze Nacht würde hin- und herfahren müssen, sondern weil diese Leute Mr. Val anscheinend wichtiger waren, als das, was seiner Frau passiert war. Ich wußte, daß solche Knöchelverletzungen gefährlich sind, und Bill schien es auch zu wissen, obwohl er betrunken war. Warum wußte Mr. Val es nicht? Noch vor kurzem war ich glücklich darüber gewesen, daß er seine Frau nicht liebte. Jetzt machte es mich plötzlich wütend, und mein Kopf fing wieder an zu hämmern und zu klopfen. Wie lange das Hämmern anhielt, weiß ich nicht genau, aber plötzlich stand Marge in der Tür und winkte mir zu, ich solle ins Schlafzimmer hinüberkommen.

Nur eine Lampe brannte, und da lag sie, immer noch in dem orangefarbenen Kleid, die Füße in einer kleinen Wanne. Sie hatte die Augen geschlossen, hob aber die Hand, als sie mich hereinkommen hörte. Als ich mich auf die Bank neben sie setzte, sah ich, daß sie immer noch große Schmerzen haben mußte, denn ihre Stirn war feucht und mit dicken Schweißtropfen bedeckt. Ich zog mein Taschentuch heraus und tupfte ihr den Schweiß ab, und sie nickte schwach, wie damals bei dem Baum. Ich sagte: »Lassen Sie die Füße in der Wanne, dann werden Sie bald Erleichterung spüren. Marge soll das Wasser nicht zu heiß machen, das würde Ihr Herz zu sehr strapazieren und die Knöchel noch stärker anschwellen lassen. Ich würde an Ihrer Stelle eine Schmerztablette nehmen, wenn Sie eine haben.«

»Ich möchte Ihnen danken, daß Sie das Epsomsalz geholt haben.«

»Das ist doch nicht nötig.«

»Ich möchte es aber.«

Ich stolperte hinaus, und diese ganze verrückte Nacht, während der ich Wagen in die Stadt fuhr, Schlüssel an den unmöglichsten Orten hinterlegte, wieder zur Farm zurückkehrte und wieder einen Wagen in die Stadt brachte, machte mir fast gar nichts aus, weil Mrs. Val sich bei mir bedankt hatte.

7

»Duke, würden Sie mir einen Gefallen tun?«

»Natürlich, Mrs. Val, jederzeit.«

»Es handelt sich um das Essen für mich.«

»Wieso? Hat der Arzt was gesagt?«

»Ich darf keinen Kuchen mehr essen.«

Es war am nächsten Mittag; Mr. Val war fort, der Arzt auch, Bill und Marge waren ebenfalls weggefahren, und der Haupttrubel, verursacht durch Telegramme, Anrufe, wegen der von mir in der Stadt abgelieferten Wagen und der Pressenotizen mit den dazugehörigen Fotos war vorbei. Marge hatte Mrs. Val ein rosafarbenes Kleid angezogen, und ich hatte sie auf einem Stuhl ins Wohnzimmer hinübergezogen. Sie hatte gesagt, sie hätte keine Schmerzen mehr und sei ziemlich hungrig, und ich war gerade dabei, ihr das Mittagessen zuzubereiten.

Ungewöhnlich gesprächig erklärte sie: »Dr. Semmes hält nicht viel von Süßigkeiten; er meint, ich soll sie lieber ganz weglassen. Aber Eis hat er mir nicht ausdrücklich verboten, es besteht ja auch eigentlich nur aus Milch und kann bestimmt nicht schaden. In der Kühltruhe müssen noch ein paar Sorten Eis sein, Duke. Bitte, bringen Sie mir doch eine große Portion Erdbeereis mit, ja? Oh, eigentlich könnten Sie mir zwei Portionen mitbringen, bestimmt darf ich davon soviel essen, wie ich will.«

Das Ganze kam mir komisch vor; sie redete zuviel und zu schnell, außerdem fand ich es merkwürdig, daß sie Eis essen durfte, soviel sie wollte, wenn der Arzt ihr doch Süßigkeiten verboten hatte, wie sie sagte. Ferner berührte es mich eigenartig, daß Marge, die persönlich mit dem Arzt gesprochen hatte, ehe sie wegfuhr, nichts davon erwähnt hatte. Ich fragte Mrs. Val also, ob der Arzt sie auf Diät gesetzt hätte. Ihre Reaktion auf dieses gemeine, kleine aus vier Buchstaben bestehende Wort verursachte ein schockiertes Schweigen.

Dann antwortete sie unsicher: »Nein, Duke, absolut nicht. Dr. Semmes kennt mich genau, er weiß, daß ich essen muß, um bei Kräften zu bleiben. Es ist nur ... ich hatte plötzlich so einen komischen Geschmack im Mund. Ich hatte das früher schon mal ... und das hab' ich ihm heute gesagt. Er meinte, es käme vielleicht von der Torte. Das ist durchaus möglich, die Torte war ja auch ziemlich mächtig.«

Sie sah mich an wie eine Katze, die soeben zwei Kanarienvögel verspeist hat und nicht begreifen kann, wieso man ausgerechnet ihr die Schuld zuschiebt, obwohl ihr noch die Federn an der Nase kleben. Ihr ganzes Wesen schien sich zu verändern, wenn dieses Thema berührt wurde, und nicht einmal Bill, so sehr er sie auch zu lieben schien, sprach jemals darüber. Ich beobachtete sie verstohlen, und plötzlich fiel mir ein Bursche ein, den ich mal trainiert hatte und der auch in ärztlicher Behandlung gestanden hatte, wegen eines eigenartigen Geschmacks im Mund. Ich sagte: »Sie meinen, Dr. Semmes hat einen Test durchgeführt. Und damit Marge nichts davon erfährt, haben Sie ihn schnell angerufen, nachdem Bill und Marge weggefahren waren. Ist es nicht so, Mrs. Val?«

»Was meinen Sie damit, einen Test?«

»Einen Zuckertest natürlich.«

»Zucker? *Zucker?*«

»Er hat in Ihrem Urin Zucker festgestellt, nicht wahr?«

»Sie unterstehen sich, etwas Derartiges zu behaupten?«

»Allerdings!«

»Duke, Sie können gehen.«

»Ich denke nicht daran.«

Sie griff nach dem Telefon, das ich neben sie gestellt hatte, aber ich hatte es bereits in der Hand und schob es außerhalb ihrer Reichweite. Sie fing an zu fluchen, fast so wüst wie Bill; die Veränderung, die mit ihr vorging, war derartig, daß ich die Frau, die ich so sehr liebte, kaum wiedererkannte. Sie schrie: »Wollen Sie etwa behaupten, daß ich Diabetes habe?«

Da sagte ich es ihr, ganz langsam und deutlich: »Keineswegs. Ich behaupte gar nichts, aber ich will Ihnen etwas ganz anderes sagen! In Ihrem Alter – also mit dreiundzwanzig Jahren – sollten Sie eine hundertprozentig normale Bauchspeicheldrüse haben, die ohne weiteres imstande ist, das nötige Insulin für eine normale Frau zu produzieren. Für eine Frau von hundertzwanzig Pfund also, oder besser gesagt, von hundertzehn Pfund, da Sie ziemlich klein sind. Aber die Insulinproduktion für vierhundert Pfund Speck schafft die gesündeste Bauchspeicheldrüse nicht. Ich hab' nichts von Diabetes gesagt, aber es kommt auf dasselbe hinaus. Sie werden sterben, wenn Sie so weitermachen, werte Dame!«

»Ich wiege keine vier Zentner!«

»Was wiegen Sie denn?«

»Das geht Sie einen Dreck an!«

»Zwei Zentner sechzig bestimmt! Das konnte ich auf den ersten Blick feststellen, als ich das Verbandszeug aus Ihrem Badezimmer holte und die beiden Waagen sah, die unter dem Schränkchen versteckt stehen. Weil nämlich eine Waage nur bis zwei Zentner sechzig anzeigt, und Sie brauchen *zwei* Waagen, wiegen also bedeutend mehr. Wenn ich mir vorstelle, wie Sie breitbeinig auf zwei Waagen stehen und sich in Hälften wiegen ... das muß ein schöner Anblick sein!«

Sie wurde so wütend, daß sie zu weinen anfing, aber ich gab nicht nach. Ich sagte: »Sie sind ja bereits auf dem besten Wege zu sterben. Um ein Haar hätte es Ihr Herz nicht geschafft, als Sie in das Loch da fielen. Es arbeitet ständig mit letzter Kraft, um all das Fett mit Blut zu versorgen. Ihre Bauchspeicheldrüse hält das nicht aus. Ihre Gelenke auch nicht, und Ihre Nieren werden Ihnen den Rest geben. Eines Tages fallen Sie tot um, und Mr. Val kann überall mit dem eigens für Sie angefertigten Sarg angeben, den er machen lassen muß, weil Sie ja in keinen normalen Sarg hineinpassen.«

Sie stöhnte leise und schloß die Augen. Dann flüsterte sie: »Ich weiß ja, daß ich nicht alt werde, ich hab' mich damit abgefunden. Ich tu' mein Bestes hier auf der Welt. Ich hab' Sie schon einmal gefragt, ob das nicht genug ist? Muß man mich zusätzlich dauernd demütigen? Kann ich nicht wenigstens in Frieden sterben? Wie oft soll ich es Ihnen noch sagen? Es sind die *Drüsen!* Es ist *krankhaft!* Diese Krankheit ist *unheilbar*, und ...«

»Es sind nicht die Drüsen!«

»Was?«

»Sie haben mich genau verstanden!«

»Was soll es denn sonst sein?«

»Sie! Sie und Ihre Verlogenheit! Sie mit Ihrer Verfressenheit!«

»Hören Sie, vielleicht kann ich mich wirklich nicht beherrschen. Aber wenn es nicht die Drüsen sind, warum kann man dann nichts dagegen unternehmen?«

»Man kann. Das ist erwiesen.«

»Komisch, daß man mir bisher nichts davon gesagt hat.«

»Man hat es Ihnen gesagt, deutlich genug. Erst heute hat Dr. Semmes versucht, es Ihnen begreiflich zu machen. Aber auf dem Ohr hören Sie ja nicht. Sie reden sich selbst ein, daß der Arzt Ihnen zwar Kuchen und Torten verboten hat, aber Eis – um Gottes willen, nein!«

»Und worin besteht die wunderbare Heilung von meiner Krankheit?«

»Fressen Sie nicht soviel!«

Sie verfärbte sich weiß, nicht der brutalen Worte wegen, sondern aus Angst vor der Vorstellung, hungern zu müssen. Es wäre unmenschlich gewesen, ihr ihr Mittagessen noch länger vorzuenthalten. Ich wärmte ihr zwei Portionen Essen auf, goß heiße Schokoladensoße auf das Erdbeereis und garnierte es außerdem noch reichlich mit Maraschino-Kirschen, so daß das Tablett aussah wie im Film. Ich stellte es vor sie hin und sagte: »So bitte sehr! Fleisch, Eis, Zucker, alles, was das Herz begehrt. Sie würden mir das Tablett jetzt gerne ins Gesicht feuern, das weiß ich. Aber bei dem Charakter, den Sie haben, werden Sie das hübsch bleibenlassen und alles schön aufessen. Hab' ich recht?«

»Und ich dachte. Sie wären mein Freund!«

»Freund? Sie haben keine Verwendung für einen Freund. Was Sie brauchen, ist ein Sargträger!«

Sie fing an zu weinen, und ich hockte mich hin, bereit, mir das klebrige Zeug um die Ohren klatschen zu lassen, wenn ihr danach zumute sein sollte. Sie klatschte es mir nicht um die Ohren. Sie aß es bis zum letzten Fitzelchen auf, bis zum letzten Krümel.

Ich trug das leergegessene Tablett hinaus, ging zu ihr zurück und fragte, ob sie sonst noch etwas wünsche. Sie sagte, ich könnte meine Koffer packen, ich könnte mir ja an den fünf Fingern abzählen, was passieren würde, wenn sie ihrem Mann berichtete, wie ausfallend ich ihr gegenüber geworden sei. Sie sehe sich leider gezwungen, ihm das zu sagen. Die Knie wurden mir weich, als ich an den Kriminalbeamten, mein Geständnis und die scheußliche Situation dachte, die mir dann wieder bevorstand. So sehr es mir gegen den Strich ging, klein beizugeben, erwiderte ich, als ich mir ein paar Minuten die Gitterstäbe vor den Gefängnisfenstern vorgestellt hatte. »Ich habe kein Blatt vor den Mund genommen, aber Sie haben ja selbst erklärt, wir wären Freunde, und ich habe mich verpflichtet gefühlt, ganz offen mit Ihnen zu reden. Wenn Sie glauben, Sie müßten Mr. Val unbedingt davon erzählen, kann ich nichts daran ändern. Aber ehe Sie das tun, möchte ich, daß Sie mehr über mich erfahren, über meine Karriere als Boxer ... und was ich damals im Ring gelernt habe, damit Sie begreifen, daß ich Ihnen helfen könnte, wenn Sie mich nur ließen.«

Doch ihr Gesicht wurde nur noch wütender, und – Angst hin, Angst her – mir platzte plötzlich der Kragen. Ich schrie: »Ach, machen Sie doch, was Sie wollen!«

Dann ließ ich sie einfach sitzen, schlug die Tür hinter mir zu, ging in meine Hütte hinüber und fing an zu packen.

Die Vorstellung, daß sie hilflos dasaß und nicht einmal zur Toilette gehen konnte, wenn sie plötzlich mußte, ließ mir jedoch keine Ruhe. Also ging ich unter dem Vorwand zurück, Mr. Val lieber persönlich über den Vorfall zu unterrichten, wenn er ihn schon erfahren mußte.

Ich hatte schon den Telefonhörer in der Hand, als sie plötzlich sagte: »Duke, lassen Sie das Telefon. Setzten Sie sich lieber hierhin, ich will mit Ihnen reden.«

»Ich möchte mich bei Ihnen entschuldigen.«

»Ich hab's ja verdient, daß Sie so mit mir reden«, entgegnete sie.

Ich legte den Hörer wieder auf und stellte das Telefon neben sie. Dann zog ich einen Stuhl zu ihr heran, setzte mich und sah sie an.

Sie preßte die Zunge an die Zähne und sagte: »Schon wieder dieser Geschmack! Nicht süß ... nur ein eigenartiger, ekelhafter Geschmack. Und in meinen Ohren summt es so komisch.«

»Der Zucker in dem Erdbeereis ...«

»Ich weiß, ich weiß! Es stimmt schon, ich belüge mich selbst. Und ich habe eben einfach Angst, nicht genug zu essen zu kriegen, weil ich das Essen unbedingt brauche.«

»Weil Sie es unbedingt *wollen!*«

»Glauben Sie nicht, daß ich es auch brauche?«

»Nein.«

»Also gut, dann ...«

Es dauerte mindestens eine Minute, bis sie sich soweit überwunden hatte, daß sie flüsterte: »... weil ich es *will.*« Sie schwieg wieder eine Weile und sagte dann:

»Also, erzählen Sie ... von sich.«

»Ich konnte nicht zuschlagen.«

»Ich weiß. Es ist mir auch lieber so.«

»Ich konnte nicht zuschlagen, wollte aber auch nicht aufgeben, ich taugte also höchstens zum Sparringpartner. Aber dann hatte ich plötzlich eine Idee, wie ich trotzdem zu Geld kommen konnte. Und die setzte ich dann auch in die Tat um, indem ich mit den Burschen vor den Titelkämpfen trainierte, um sie auf das richtige Gewicht zu bringen. Verstehen Sie, was ich meine?«

»Nicht genau, fürchte ich.«

»Es gibt verschiedene Gewichtsklassen beim Boxen; zum Beispiel Fliegengewicht, Bantam, Federgewicht, Leichtgewicht, Welter, Mittel- und Schwergewicht. In jeder Gewichtsklasse geht's um den Meistertitel, der immer mit einem Haufen Geld verbunden ist. Aber manche Boxer, die mit achtzig Kilo ein Vermögen wert sind, sind mit achtundachtzig Kilo überhaupt nichts mehr wert; es geht ihnen wie Ihnen – sie können ihr Gewicht nicht halten. Diese Burschen habe ich mir dann vorgeknöpft. Ich hatte mich von Ärzten beraten lassen, Fachliteratur darüber gelesen, Vorträge darüber angehört – es ist eine Wissenschaft für sich, und ich kannte mich bald darin aus. Im ganzen Westen war ich der einzige, der so einen Burschen von achtundachtzig Kilo in fünf bis sechs Wochen auf achtzig herunterbekam. Natürlich war das keine Kleinigkeit ... Aber mit Ihnen, Sie kleiner Dummkopf, könnte ich das genauso machen.«

»Ich kann mich aber nun mal nicht beherrschen beim Essen, das haben Sie vorhin selbst gesagt.«

»Glauben Sie, Sie sind die einzige, der es so geht?«

Ich packte sie an den Schultern, schüttelte sie und sagte: »Jeder einzelne Dickwanst auf der Welt ist fett, weil er sich nicht beherrschen kann. Aber ich bringe Ihnen schon bei, wie man sich beherrscht. Ich weiß nämlich, wie man das schafft.

Möchten Sie nicht endlich all das Fett wieder los sein? Möchten Sie nicht endlich frei sein davon? Wieder gehen können, ohne daß die Beine unter Ihnen nachgeben? In ein Geschäft gehen und ein Kleid kaufen, das Ihnen gefällt …«

»Hören Sie auf!«

»Den Rest können Sie sich auch selbst ausmalen.«

»Das ist Sirenengesang, Mr. Webster.«

Man muß wissen, wann man am besten den Mund hält. Deshalb sagte ich eine Zeitlang nichts und betrachtete sie nur, wie sie dalag, die Arme über die Augen gelegt, ganz still und unbeweglich. Schließlich sagte sie:

»Duke, ich will's versuchen. Ich vertraue mich Ihnen an. Sie wissen, daß ich Ihnen von Anfang an vertraut habe. Aber ich stelle eine Bedingung …«

»Und die wäre?«

»Ich werde nach zwei Seiten zu kämpfen haben. Einmal gegen mich selbst. In dieser Beziehung haben Sie mir ja Ihre Hilfe angeboten, die ich auch gern annehme. Die andere Seite, die ich zu bekämpfen haben werde, geht nur mich allein was an. Sie müssen mir versprechen, daß Sie sich da heraushalten.«

Nach allem, was ich von Bill erfahren hatte, wußte ich, worauf sie anspielte. Ich fragte: »Glauben Sie wirklich, daß Ihnen von dieser Seite Schwierigkeiten drohen? Man sollte annehmen …«

»Duke, ich möchte jetzt nicht auf Einzelheiten eingehen, aber es gibt bestimmt Schwierigkeiten von dieser Seite. Sie müssen mir Ihr Ehrenwort geben, Duke …«

»Passen Sie auf, ich könnte ihm die Geschichte schmackhaft machen, ich kann das großartig. Ich könnte ihm alles begreiflich machen …«

»Nein, Duke!«

Sie war nicht ungeduldig, sie war schlechthin außer sich. Sie fuhr fort: »Wenn Sie mir nicht fest versprechen, daß die Sache ganz unter uns beiden bleibt, daß nicht einmal meine Familie etwas davon erfährt, bis ich's geschafft habe – wenn ich's überhaupt schaffe –, fällt die Angelegenheit flach. Dann fangen wir erst gar nicht damit an. Ist das klar?«

»Wenn Sie darauf bestehen, Mrs. Val.«

»Ich bestehe darauf, ich *muß* darauf bestehen.«

»Also gut, einverstanden.«

Ich gab ihr die Hand darauf, und sie hielt meine Hand fest, und wir waren uns näher als jemals zuvor. Und doch, nun, da ich es niederschreibe, frage ich mich, ob unser Abkommen wirklich so gut war, wie es damals den Anschein hatte. Von ihrer Seite aus bestimmt, dessen bin ich sicher. Aber ich für meinen Teil hatte einen eigenartigen Geschmack im Mund – genau wie Sie, nur daß der Geschmack in meinem Mund nichts mit Diabetes, sondern eher etwas mit Feigheit zu tun hatte. Erst an diesem Nachmittag hatte ich nämlich darüber nachgegrübelt, was Mr. Val alles gegen mich unternehmen könnte, wenn er wollte. Und vielleicht empfand ich sogar, als ich Mrs. Vals Hand hielt, Erleichterung darüber, daß sie mich aus dem ihr bevorstehenden Kampf mit ihrem Mann unbedingt heraushalten wollte, und daß ich nichts damit zu tun haben würde.

8

Es ist absolut kein Geheimnis, wie man dicken Menschen wieder zu einer schlanken Figur verhelfen kann: man entzieht ihnen Zucker, Kohlehydrate und Fett und setzt sie auf eine Diät von Eiweiß, Obst und Salat. Es klappt nur mit dieser Diät, anders geht es nicht; das ganze Gerede von Gymnastik, Massagen, Bädern und Pillen ist Unsinn. Eine Zeitlang wandte man bei Jockeys, Säufern und Boxern die »Austrocknungsmethode« an; man entzog ihnen jegliche Flüssigkeit, ganz gleich, ob in Form von Wasser, Kaffee oder Bier und ließ sie in türkischen, schwedischen oder finnischen Bädern schwitzen. Die Methode war wirksam, sie hatte nur den Nachteil, daß die Patienten oft daran starben. Joe Gans starb an einer solchen Abmagerungskur, als er es nicht länger verkraftete, immer und ewig gegen sein Übergewicht anzukämpfen. Er schaffte es zwar, sein Gewicht auf hundertdreißig Pfund zu reduzieren, aber auf den Fotos, die man heute noch in Goldfield von ihm sehen kann, sieht er aus wie das Opfer einer Hungersnot im Kongo, und zwei Jahre später ging er dann endgültig an Tuberkulose ein. Eine Menge Menschen starben auf diese Weise, sogar einige Hollywoodstars. Es ist schon so, wie ich's sage, man schafft's nur, wenn man eine strikte Proteindiät einhält, anders geht's nicht.

Aber es gibt Tricks, wie man es den Leidtragenden erleichtern kann, und die erste Tat bei meinen Boxern war immer die, daß ich ihnen einige Tage Zeit ließ, um sich mit dem Gedanken an die neue Diät vertraut zu machen. Auch Mrs. Val war mit dieser Gnadenfrist einverstanden; der Aufschub war ihr sogar sehr recht, weil bis dahin ihre Knöchel wieder in Ordnung sein würden, Marge nicht mehr so oft kommen und Val morgens wieder vor dem Frühstück in die Stadt fahren würde. Jeden Tag unterhielten wir uns darüber, daß sie sich viel wohler fühlen und viel netter aussehen würde und so weiter. Ich wollte damit erreichen, daß sie abnehmen *wollte* und nicht das Gefühl hatte, sie *müsse* abnehmen.

Ende der Woche war es dann soweit; eines Morgens, sobald Mr. Val abgefahren war, ging ich ins Haus, und sie saß auf dem Sofa und wartete auf mich. Ich sagte, ich sei froh, daß sie wieder auf den Beinen sei, und holte tief Luft. Aber noch ehe ich etwas sagen konnte, fragte sie: »Was darf ich also essen?«

»Obst.«

»Nur Obst?«

»Machen Sie doch nicht so ein Gesicht!«

»Wir haben kein Obst im Haus.«

»Gastronomen haben nie Obst im Haus. In Bezug auf große Menüs macht ihnen keiner was vor, aber von richtiger Ernährung verstehen sie überhaupt nichts.«

»Im Geschäft in Clinton gibt es Pfirsiche.«

»Ich gehe Ihnen welche holen.«

»Nehmen Sie meinen Wagen.«

Das war leichter gesagt, als getan, da in ihrem Wagen alle möglichen Spezialvorrichtungen angebracht waren, um es ihr zu ermöglichen, trotz ihres Umfangs mit den Füßen Gaspedal und Bremse zu erreichen. Mit einiger Mühe schaffte ich es hin und zurück. Ich fand Mrs. Val bei meiner Rückkehr in der gleichen Verfassung, in der ich sie verlassen hatte: nervös vor Hunger, aber immer noch entschlossen, die Kur durchzuführen. Ich wusch ein paar Pfirsiche ab, legte sie in ein Körbchen und brachte sie ihr. Sie fragte »Wie viele darf ich essen?«

»Soviel Sie wollen.«

»Na, das ist ja wenigstens *etwas.*«

»Die Pfirsiche enthalten Mineralien, Fruchtmark und Vitamine, aber nur sehr wenig Zucker. Und sie füllen den Magen – das Hungergefühl verschwindet.«

Während sie die Pfirsiche aß, bereitete ich ihr das Frühstück; sie strahlte über das ganze Gesicht, als ich es ihr brachte, offensichtlich hatte sie gedacht, sie bekäme nichts als Obst zu essen. Ich servierte ihr zwei gekochte Eier, eine Scheibe Speck und eine ganze Kanne Kaffee.

Sie sprach über Abmagerungskuren, die die Illustrierten immer wieder propagierten, und ich erwiderte: »Das sieht alles auf dem Papier sehr schön aus, aber es ist doch im Grunde reine Theorie; die Leute, die sich diese Kuren ausdenken, vergessen völlig, daß die Person, die abnehmen will, ein *Mensch* ist. Die Abmagerungsdiät muß einem zusagen. Pfirsiche mögen fast alle Menschen … sie sehen hübsch aus, riechen aromatisch und schmecken gut. *Und* Sie können davon soviel essen, wie Sie wollen. Wie fühlen Sie sich übrigens?«

»Ich muß sagen, ganz gut.«

»Fühlen Sie sich hungrig?«

»Nicht im geringsten.«

»Sagen Sie's ruhig, wenn Sie Hunger haben.«

»Nein, wirklich nicht, erstaunlicherweise nicht.«

Wir gingen hinaus und verpackten die Schinken. Ich brachte ihr einen Stuhl, damit sie sich hinsetzen und ihre Fußgelenke schonen konnte. Nach einiger Zeit fuhr ich noch einmal in die Stadt und besorgte italienischen Käse, eine Rohkostreibe, Olivenöl, Knoblauch, Zitronen, Pfefferkörner und eine Pfeffermühle, Obst und alle möglichen anderen Sachen für sie. Als ich zurückkam, war sie total erschöpft und lag lang ausgestreckt auf dem Sofa. Man sah ihr an, daß sie schrecklichen Hunger hatte. Sie fragte: »Was kommt jetzt dran?«

»Salat.«

»Ich mache mir nichts aus Salat.«

»Das sieht man Ihnen auch an.«

»Also gut – meinetwegen Salat!«

Ich machte ihr einen Salat aus Chicoree, gerösteten Weißbrotwürfeln, einem Eigelb, Zitronensaft und Olivenöl, etwas Knoblauch, gemahlenem schwarzen Pfeffer und geriebenem Käse. Als ich ihr einen Teller voll brachte, fragte sie: »Wieviel darf ich davon essen?«

»Soviel Sie wollen, hauen Sie nur ordentlich rein.«

Sie würgte den Salat hinunter, aß einen zweiten Teller voll, schüttelte aber ablehnend den Kopf, als ich ihr Schinken anbot, und sagte, sie wäre satt. Ich erklärte: »Mit diesem Zeug kann man den Magen betrügen, indem man ihn anfüllt.

Außerdem enthalten Eier und Käse Proteine, die der Mensch unbedingt braucht, die aber nicht dick machen. Und das Fett – das Stückchen Butter, in dem die Weißbrotwürfel geröstet wurden, und der Löffel Öl – ist wichtig für die Verdauung. Aber ich habe Ihnen außerdem noch Erdbeeren mitgebracht; die können Sie als Dessert zum Kaffee essen, selbstverständlich ohne Sahne und Zucker.«

Ich aß dann auch, kalten Schinken, oder was es war. Nachdem ich aufgeräumt hatte, fragte ich sie: »Na, wie geht es Ihnen?«

»Es ist wirklich wunderbar, Duke. Ich fühle mich absolut satt, bin kein bißchen hungrig, allmählich begreife ich, wie diese Diät funktioniert. Und trotzdem liegt das Schwerste noch vor mir, und davor habe ich Angst.«

»Was ist es – sagen Sie's mir.«

»Ich fühle mich so matt.«

»Dagegen hilft Schlaf.«

»Wie meinen Sie das?«

»Ihrem Körper stehen zwei Kraftquellen zur Verfügung: Essen und Schlaf. Wird das eine reduziert, braucht man mehr von dem anderen, um bei Kräften zu bleiben.«

Sie verstand mich nicht gleich; also erzählte ich ihr von den Radrennfahrern beim Sechstagerennen, die den Mangel an Schlaf mit großen Mengen Spaghetti ausgleichen, so daß sie am Ende des Rennens zwanzig Pfund mehr wiegen als am Anfang. Ich schloß: »Das war ja der Clou meiner Methode – die Burschen, mit denen ich trainierte, schliefen sich das Fett runter, sie schliefen fast den ganzen Tag. Das gleiche können Sie auch tun.«

»Sie meinen, ich soll mich jetzt ins Bett legen und ...«

»Fünf Pfund leichter aufwachen.«

»Sie halten mich wohl zum besten, was?«

Sie ging in ihr Zimmer, und ich stürzte mich in meine Arbeit; ich hatte alle Hände voll zu tun, um die Sachen zu verpacken und aufzustapeln, die Homer am nächsten Morgen abholen würde. Gegen sechs war ich fertig damit, wusch mich und ging ins Haus hinüber, wo sie bereits auf mich wartete – in einem duftigen rosa Kleid.

»Duke, es ist das reinste Wunder, ich habe drei Stunden geschlafen wie ein Murmeltier. Ich fühle mich großartig, überhaupt nicht mehr elend«, sagte sie.

Sie fragte, was als nächstes auf dem Speisezettel stünde, und ich antwortete, Salat und ein Dessert; ich würde beides eigenhändig zubereiten. Zwischendurch sollte sie ganz kleine Portionen von dem essen, was ihr Mann ihr vorsetzen würde; selbstverständlich ohne Kartoffeln oder gebratene Beigaben.

Ich ging in die Küche, um den Salat und das Dessert anzurichten, und sie kam mir nach, um mir Gesellschaft zu leisten. Ich hielt ihr einen ausführlichen Vortrag über Rohkost und deren Vorteile. Sie hörte mir mit großen Augen zu und sagte dann plötzlich: »Duke, als ich wach wurde, hab' ich Dr. Semmes angerufen. Ich hab' ihm gesagt, ich hätte in irgendeiner Illustrierten von einer Abmagerungskur gelesen und hätte mir die Sachen dafür bereits in der Stadt besorgt. Er war ganz begeistert. Ich bin also in der glücklichen Lage, Val erzählen zu können, daß der Arzt mir zu der Abmagerungskur geraten hätte. Das wird die Sache erleichtern. Aber wenn Val heute abend kommt, möchte ich zunächst mit ihm allein sein. Sie kümmern sich um seinen Wagen und warten eine Weile, ehe Sie zum Essen hereinkommen.«

»Und setze eine möglichst unschuldige Miene auf?«

»Sie wissen von nichts!«

Wie sie vorausgesagt hatte, benahm sich Mr. Val nicht reichlich töricht, sondern ausgesprochen häßlich. Ich hatte ihn noch nie in einer derartigen Verfassung gesehen, er zitterte vor Wut und sagte, das wäre doch alles unsinnig. Er rief den Arzt an und sprach mit ihm in einem Ton, der mich plötzlich an das erinnerte, was Bill über Macht gesagt hatte und über die Art Leute, die hinter Macht her sind. Er warf Dr. Semmes vor, er hätte seine Befugnisse überschritten und hätte sich unbedingt vorher mit ihm in Verbindung setzen müssen. Nach dem Dröhnen zu schließen, das aus dem Hörer drang, hielt Dr. Semmes mit seiner Meinung auch nicht hinter dem Berg. Anscheinend versuchte er Mr. Val klarzumachen, daß ausschließlich er und kein anderer für seine Patientin verantwortlich sei. Außerdem äußerte er sich abfällig über das grauenhafte Resultat des zu schweren und zu reichlichen Essens, das in Holly hineingestopft würde, Worte, die Val brüllend wiederholte, so daß ich alles, was gesprochen wurde, mitbekam.

Während der ganzen Zeit, in der Mr. Val telefonierte, saß ich auf dem kleinen Sofa, und sie saß in ihrem rosa Kleid auf dem großen Sofa und sah weder mich noch ihn an, sondern starrte mit seltsam verengten Augen vor sich auf den Boden. Ich fühlte, wie das Hämmern in meinem Kopf wieder begann, aber die Furcht vor dem Gefängnis war stärker. Ich verhielt mich ruhig, obwohl ich am liebsten alles um mich herum zerschlagen und sie von diesem Mann befreit hätte, den ich langsam zu hassen begann. Während der ganzen Mahlzeit herrschte dann grimmiges Schweigen, und zum Schluß war ich derjenige, der abräumte und das Geschirr in die Spülmaschine packte. Mrs. Val ging ins Wohnzimmer, während er blinzelnd vor dem Riesenroastbeef sitzen blieb, von dem zum erstenmal die Hälfte übriggeblieben war.

9

Der Sommer kroch dahin, und Mr. Val wurde immer ekelhafter. Zwei Umstände regten ihn ganz besonders auf; erstens, daß die Zuckertests, die seine Frau zu Hause machte, sich von Mal zu Mal besserten, und sie deshalb weiterhin auf ihrer Diät bestand. Er meinte, das sei nicht mehr nötig und sie solle wieder richtig essen, denn er liebte es, mit seinen Kochkünsten zu prahlen. Die Gesundheit oder vielleicht das Leben seiner Frau schienen ihm egal zu sein. Das zweite, was ihn aufbrachte, war das schreckliche Klima in Maryland. In meinem ganzen Leben hatte ich noch nirgends eine so drückende Hitze erlebt wie hier, ganz gleich, ob die Sonne schien oder nicht. Man schwitzte ständig in diesem durch hohe Luftfeuchtigkeit bedingten Dunst und konnte kaum atmen. Es war die reinste Hölle auf Erden, und wenn sich – gewöhnlich um die Abendessenszeit – ein Gewitter zusammenbraute, reinigte sich danach nicht etwa die Luft, so daß sich Mr. Vals schlechte Laune nur noch verschlimmerte. Er schnauzte einen an, brüllte herum, daß man sich vorkam wie ein geprügelter Hund, von den ausfallenden Bemerkungen seiner Frau gegenüber ganz zu schweigen.

Aber der erste große Krach zwischen den beiden hatte nichts mit ihrer Abmagerungskur zu tun und brach auch nicht während eines Gewitters los, sondern an einem wunderschönen Sonntagmorgen. Ich hatte, wie immer sonntags, fünfundzwanzig Essen an die Armen des Ortes verteilt, und wir saßen friedlich auf der Bank vor dem Haus – ich mit langen Hosen und meinem besten Hemd, Mr. Val in einem blauen Mohairanzug und sie in einem einfachen Hauskleid. Sie hatte mittlerweile mindestens sechzig Pfund abgenommen und hatte sich ein paar neue Sachen gekauft. Mr. Val sah plötzlich auf die Uhr und sagte: »Ich will dich nicht drängen, Liebling, aber es wird allmählich Zeit. Es ist gleich zehn, wir sollten jetzt wirklich losfahren.«

»Oh, ich gehe heute nicht in die Kirche.«

»Was soll das denn heißen, Holly?«

»Ich hab' doch nichts Richtiges anzuziehen.« Nach einer kleinen Pause fuhr sie fort: »Du verstehst doch sicher, daß ich mir im Moment nur ganz billige Sachen kaufe, da ich noch viel abnehmen muß, bis ich das richtige Gewicht habe. Und in diesen Sachen kann ich doch wirklich nicht in die Kirche gehen. Und meine guten Kleider, die ich noch von früher habe, schlottern mir um den Körper herum.« Ganz obenhin fügte sie hinzu: »Schließlich bin ich auch nur ein Mensch und möchte mich dem Gerede der Leute nicht unnötig aussetzen.«

»Welchem Gerede, Holly?«

»Nun ja, darüber, daß ich so abgenommen habe.«

»Ich wußte nicht, daß darüber geredet wird.«

»Keine Sorge, man wird darüber reden.«

»Aber das läßt sich doch auf die Dauer nicht verhindern!«

»Also gut, Val. Wenn ich wieder normal aussehe und anständig angezogen bin, laß ich das Geschwätz eben über mich ergehen, aber nur einmal. Ich habe keine Lust, es mir Woche für Woche anhören und all diesen Weibern erklären zu müssen, wie ich es angestellt habe, abzunehmen.«

»Man sollte annehmen, du würdest dich mit Wonne darüber unterhalten.«

»Val, ich versteh' dich wirklich nicht!«

»Eine normale Frau unterhält sich gern über so was.«

Das fand ich auch, aber ich wollte mich da heraushalten, und so fragte ich, ob ich den Tag frei haben könnte, und ging hinein, um meine Jacke anzuziehen. Als ich aus der Hütte kam und über den Hof hinausgehen wollte, stritten sich die beiden immer noch, und ich sah durch das Schlafzimmerfenster, daß Mr. Val ganz aufgeregt herumlief. Ich hörte, wie er sagte: »Warum gibst du's nicht endlich zu, Holly? Es handelt sich gar nicht um die Kleider, auch nicht um das Gerede.«

»Um was denn sonst?«

»Es handelt sich nicht um etwas, sondern um *jemand.*«

Ich fühlte geradezu, wie ihr genau wie mir das Herz stehenblieb, als sie erstickt sagte: »Oh!«

»Oh, oh, oh!« äffte er sie nach. Seine Stimme klang böse, und er brüllte los: »Jawohl, nämlich um mich, denjenigen, der hier plötzlich überflüssig zu sein scheint! Um mich, der alles für dich tut! Ich habe dir das einzige gegeben, das dir im Leben etwas bedeutet hat: Essen! Erstklassiges Essen, das Beste vom Besten! Aber nein, obwohl du ganz versessen darauf bist, siehst du auf die herab, die es zubereiten! Und was tust du seit neustem? Du ißt nur gerade soviel, wie du zum Leben brauchst, aber nur ja keine anständige Mahlzeit, für die du dich bei mir bedanken müßtest! Du ...«

»Val!«

Sie stand auf und fing an auf und ab zu laufen, wie ich es noch nie bei ihr erlebt hatte. Sie hielt die Arme nicht mehr wie alle dicken Frauen weit vom Körper gespreizt, was sie früher immer getan und was äußerst ungeschickt ausgesehen hatte, sondern ließ sie ganz natürlich an den Seiten hinunterhängen. Sie pflanzte sich vor ihm auf und fragte: »Was ist los, Val, hast du Angst, allein zu gehen?«

»Wohin?«

»In die Kirche natürlich!«

»Wovor sollte ich denn dort Angst haben?«

»Vor Herrn Regierungskommissar Dyton und seiner Etikette vielleicht! Und vor Dr. Carroll und seinem Händedruck. Und vor Mrs. Carroll mit ihrer Lorgnette. Und ...«

Ob es die Art war, wie sie sich über ihn lustig machte oder was, weiß ich heute noch nicht; jedenfalls ertrug er es nicht, sondern unterbrach sie mitten im Satz – ganz der kleine Kellner, der er einmal gewesen war und wohl immer bleiben würde. Er sagte: »Was ist denn in dich gefahren, Holly? Wir haben doch schon öfter Meinungsverschiedenheiten gehabt, zum Beispiel wegen der Party. Aber jeder von uns hat zurückgesteckt und ...«

»*Ich* habe zurückgesteckt, meinst du wohl!«

»Ich auch!«

»O nein!«

Plötzlich sah sie lächelnd zu ihm auf, fast schien es, als ob sie lachte. Sie sagte: »Du knallst gern mit der Peitsche, ist es nicht so, Val? Für dein Leben gern! Aber wie alle, die dauernd mit der Peitsche herumknallen, kuschst du auch vor der Peitsche, nicht wahr? Und diese Leute, die heute in der Kirche sein werden, jagen dir Angst ein, oder nicht? Sie werden dich nicht beißen, keine Sorge. Geh jetzt, du kannst ja früher rausgehen, wenn du willst, und wenn ich wieder aussehe wie ein normaler Mensch, werden wir weitersehen.«

Sie schnippte mit den Fingern dicht unter seiner Nase und ging hüftschwenkend ins andere Zimmer. Ich wartete, pfiff eine Melodie, wippte mit den Füßen und rannte hinaus. Mr. Val saß bereits im Wagen und sagte, ich könne mit ihm in die Stadt fahren. Ein paar Minuten schwieg er, dann sagte er unvermittelt: »Wenn Sie mich fragen, telefoniert Holly zu oft mit ihren Verwandten.«

»Sie meinen in St. Mary?«

»Ich meine in Waldorf.«

Von diesem Tag an lagen sich die beiden ständig in den Haaren, und bei einem ihrer zahllosen Kräche passierte etwas, womit ich nicht gerechnet hatte. Es war an einem Abend Ende September, und es sollte zum Abendessen geschmorte Hammelkeule geben. Das Essen war noch nicht ganz fertig; Mr. Val stand noch am Herd, und ich war mit dem Ausladen der Waren beschäftigt, die er mitgebracht hatte. Plötzlich rief sie ihm von der Wohnzimmertür her zu: »Wenn das Hammelfleisch ist, was du da brätst, esse ich nicht mit. Außerdem hab' ich schon gegessen, ich hab' mir ein Stew gemacht, nicht sehr viel, aber ich bin satt. Ich leiste euch gern Gesellschaft beim Kaffee, aber essen möchte ich nichts mehr.«

Er wurde aschfahl im Gesicht, wie immer, wenn sie sich weigerte zu essen und fuhr sich mit der Zunge über die Lippen. Aber er erwiderte nichts, bis sie sich in die Eßnische gesetzt hatte, um auf uns zu warten. Dann sagte er: »Duke, wir essen in der Küche, wir zwei allein.« Und dann, in einem ganz gemeinen, hinterhältigen Ton, recht laut, damit sie es auch nur ja hörte: »Dieser Diätfraß, diese Stews und das ganze Zeug, stinkt so ekelhaft!«

Er zog den weißen Metalltisch in die Küche und deckte ihn für zwei Personen, schöpfte Suppe in meine Suppentasse und stellte Brot auf den Tisch. Dann schnitt er das Fleisch auf, nahm sich selbst Suppe, setzte sich an den Tisch und winkte mir zu, ich sollte mich auf meinen Platz setzen. Sie kam herein, betrachtete interessiert das Fleisch und hörte zu, wie er sich – anscheinend mit dem Herd – über den Unterschied zwischen gebratenem und geschmortem Fleisch unterhielt. Aber er stand nicht auf, um einen dritten Stuhl zu holen.

Sie drehte sich erwartungsvoll zu mir um, und als ich stur stehenblieb, hob sie das Bein und versetzte dem Tisch einen Tritt, daß er durch die halbe Küche flog und krachend gegen den Herd prallte. Sie sagte:

»Val, du und Duke werdet euer Essen – *wenn* ihr überhaupt *eßt* – im Alkoven einnehmen, und zwar dann, wenn ich meinen Kaffee trinke!«

»Was fällt dir ein, dich mir gegenüber derart aufzuführen, noch dazu in Dukes Gegenwart?« schrie er.

»Du hast ja auch in Dukes Gegenwart gesagt, daß mein Essen stinkt!«

Sie lief in der Küche hin und her, und wieder einmal ging er feige in die Knie. Denn wieder einmal stand ein Mitglied der Familie Hollis gegen ihn auf, und er kuschte zähneknirschend. Wir aßen also in der Eßnische, im Alkoven, wie sie es nannte; jedenfalls taten wir so, als äßen wir. Daß die beiden Krach miteinander hatten, war – abgesehen von dem Tritt, den sie dem Tisch versetzt hatte – nichts Neues und regte mich nicht weiter auf. Was mich allerdings völlig unvorbereitet getroffen hatte, war die Tatsache, daß sie noch mehr abgenommen hatte. Mir war das bewußt geworden, als sie vor ihrem Mann hin und her lief, und mir wurde plötzlich klar, daß sich unter all diesem Fett eine Figur verbarg, die einen um den Verstand bringen konnte.

Von nun an glich mein Leben einer Hölle. Denn obwohl ich längst wußte, daß ich sie liebte, hatte ich mir bisher eingebildet, sie nur rein freundschaftlich zu lieben, selbstlos und völlig unabhängig von Äußerlichkeiten, wie man eben einen Freund liebt. Nun aber entwickelte sich aus dieser Freundesliebe jene andere Art Liebe, ganz plötzlich, ganz unerwartet, als überfalle mich jäher Wahnsinn.

10

Wenn es durchaus sein muß, kann man mit seinem Wahnsinn leben, allerdings nicht lange, und eines Morgens wachte ich auf und war restlos am Ende. Es war ein klarer Oktobermorgen, und meine erste Arbeit bestand darin, mit der Handpumpe den Wassertank nachzufüllen, da die elektrische Pumpe aus irgendeinem Grund versagte. Ich pumpte eine Zeitlang und stieg dann die Leiter hoch, öffnete das Ventil und prüfte mit dem an einem Nagel hängenden Bambusstab den Inhalt des Tanks. Als ich gerade wieder hinunterklettern wollte, kam Mrs. Val aus dem Haus, und ich stieg ganz langsam die Leiter hinunter, um sie genau betrachten zu können. Sie hatte zwar ihr Idealgewicht noch nicht ganz erreicht; trotzdem sah sie sehr hübsch aus, gesund, rund und anmutig in ihrem beigefarbenen Rock, dem dunkelroten Pullover und den dazu passenden Schuhen. Sie sah aus wie eine Spanierin.

Als ich unten ankam, fragte ich sie, ob ich irgend etwas für sie tun könnte; sie starrte eine Zeitlang stumm die Leiter an und antwortete dann, ich solle sie nach St. Mary's City fahren, sie wolle in die Kirche gehen.

»Wie – heute, am Werktag?« fragte ich. »Außerdem ... was werden die Leute sagen, wenn sie uns zusammen in der Kirche sehen?«

Sie blickte nachdenklich in die Sonne und erwiderte dann: »Duke, ich muß einfach in meine kleine Kirche. Könnten Sie nicht so parken, daß Sie niemand sieht, und dort auf mich warten? Ich möchte allein hineingehen.«

»Warum fahren Sie dann nicht einfach ohne mich?«

»Ich möchte, daß Sie mitkommen.«

»Schließlich werd' ich hier fürs Arbeiten bezahlt.«

»Es ist noch nicht einmal neun Uhr, wir können leicht vor dem Mittagessen zurück sein. Kein Mensch wird uns vermissen.«

Sie wußte genau, daß ich ihr keinen Wunsch abschlagen konnte. Also fuhren wir gegen halb zehn los; ich am Steuer, und sie in die andere Ecke des Vordersitzes gekauert. Unverwandt starrte sie zum Fenster hinaus auf das südliche Maryland, das größtenteils aus Tabak- und Maisfeldern, Geflügelfarmen und struppigem, nach wildem Wein duftendem Unterholz bestand. Als wir am Lager der *Tobacco Associati-*

on in Waldorf vorbeifuhren, wandte sie den Kopf zur Seite, um zu verhindern, daß Bill sie zufällig sähe. Dann sagte sie: »Waldorf hat sich sehr verändert, Duke. Früher gab es hier nur einen winzigen Bahnhof, ein einziges Geschäft und ein kleines Hotel. Und jetzt ... überall Häuser, überall neue Hoffnung.«

»Und Bars.«

»Schnaps wurde schon immer hier getrunken.«

»Und Gangster!«

»Das Glückspiel stand auch immer hoch im Kurs.«

Sie erzählte mir von einem Pokerspiel, das sich über fünfzig Jahre hingestreckt hätte, »und einmal hat ein Mann zwölfhundert Dollar beim Pokern gewonnen. Was glauben Sie wohl, was der gemacht hat? Er fuhr mit einem Taxi nach Washington, holte sich dort vier Nutten und fuhr mit ihnen nach Waldorf zurück. Sein ganzes Geld hat er mit den Mädchen verjubelt. Es gab einen Riesenskandal, aber das ließ ihn kalt – seine Familie war ihm völlig gleichgültig.«

»Na und?«

»Nun ja, auch das gehört dazu.«

»Zu was, Mrs. Val?«

»Zu diesem Land. Auch zu mir, wahrscheinlich. Vielleicht war dieser Mann sogar mit mir verwandt. Hier ist alles untereinander verwandt und verschwägert. Es war ein tragisches Land, das habe ich Ihnen ja schon gesagt, früher, als es hier noch keine Schulen und Universitäten gab. Ein armes Land. Ein sehr armes Land und sehr arme Menschen. Aber die Menschen hier sind stolz.«

Sie bat mich plötzlich, auf einem freien Platz vor einem Geschäft anzuhalten, und sagte: »Meine Mutter erzählte mir oft von einem alten Mann, der sich genau hier an dieser Stelle früher einmal auf ganz sonderbare Weise sein Geld verdient hat. Er besaß nichts außer zwei klapprigen, alten Zwergochsen, einem Karren und einem Silberdollar. Jeden Samstag kam er mit seinem zerbeulten Silberdollar, der vom Herumtragen in seiner Hosentasche schon ganz blank gescheuert war, in die Stadt und sah sich nach Fremden um, die eine Wette mit ihm abschließen würden. Er warf seinen Silberdollar auf den Boden und wettete mit dem Betreffenden, daß er eins der Wagenräder auf den Dollar stellen und den Karren wenden könne, ohne daß das Rad von dem Geldstück abrutschen würde; sollte es aber abrutschen, würde der Silberdollar dem Fremden gehören, anderenfalls jedoch bekäme er einen Dollar von dem Fremden. Jedesmal versammelte sich die ganze Stadt hier, um sich das Schauspiel anzusehen. Der Alte redete seinen Ochsen gut zu, und die Tiere bewegten sich tatsächlich vorsichtig um sich selbst, indem sie ein Bein über das andere setzten, bis sich der Wagen um die eigene Achse gedreht hatte, ohne daß das Rad von dem Geldstück abgerutscht war. Es muß ein zu komischer Anblick gewesen sein. Die Ochsen haben ihren Herrn nie enttäuscht, er gewann jedesmal einen Dollar. Das Schreckliche ist nur, daß er von diesem Dollar eine ganze Woche lang leben mußte, denn außer dem Dollar, den er jeden Samstag gewann, hatte er kein Geld. Auch das gehört zur Geschichte dieses Landes.«

Irgend etwas schien sie zu beunruhigen, etwas, worüber sie nicht sprechen wollte. Trotzdem war es wundervoll, mit ihr zusammen zu sein und zu wissen, daß sie mich bei sich haben wollte. Ich fuhr weiter, aber ein paar hundert Meter hinter dem Dorf ließ sie mich wieder anhalten. Sie starrte zu einem Seitenweg hinüber und sagte: »Von dort drüben kam Wilkes Booth. Dort drüben steht das Mudd-Haus immer noch. Dr. Mudd verarztete damals Wilkes Booth und schiente sein Bein. Dann kam er ins Gefängnis, obwohl er unschuldig war. Die Mudds stammen aus dem Charles County, die Familie lebt noch immer hier. Die Mudds und die Beans und die Carricos.

In Texas soll es auch Beans geben. Übrigens stammt auch Dr. Semmes aus dem Charles County.«

»War Booth tatsächlich bei Ihnen auf der Farm?«

»Val hätte nicht darüber sprechen dürfen.«

Ich hätte gerne mehr über Booth erfahren, aber sie antwortete nur ausweichend auf meine Fragen, da gab ich es auf und fuhr weiter. Gegen halb elf waren wir in St. Mary's County, und sie sagte: »Es heißt, daß dieser Bezirk große Ähnlichkeit mit Irland hat. Irland ist ein grünes Land, und das Klima ist warm und feucht, weil der Golfstrom daran vorbeifließt. St. Mary's County ist ein langer, schmaler Landstreifen zwischen der Potomac- und der Chesapeake-Bucht, von Wasser umgeben und daher genauso grün wie Irland. Auch hier ist das Klima feucht und warm. Nur jetzt im Herbst sind die Wälder herrlich bunt, viel schöner als anderswo ... gleich werden Sie es sehen, Duke.«

Die Häuser, an denen wir vorüberfuhren, waren klein und von grünen Rasenflächen umgeben, genau wie anderswo auch, und die Tabak- und Maisfelder und Geflügelfarmen unterschieden sich nicht von denjenigen, an denen wir früher vorbeigefahren waren. Aber die Wälder, die Mrs. Val fasziniert betrachtete, waren tatsächlich herrlich – dicht, mit riesigen hohen Bäumen, deren Laub in flammenden Gelb- und Rottönen leuchtete.

Sie sagte: »Sehen Sie nur, Duke, all die Lorbeer-, Hartriegel- und Stechpalmensträucher unter den Bäumen! Ich kam kurz vor Weihnachten zur Welt, als das ganze Haus mit Stechpalmen geschmückt war. Jedesmal, wenn meine Mutter Stechpalmen sieht, muß sie an mich denken.«

Wir fuhren durch Leonardtown, ein hübsches altes Landstädtchen, und als wir die letzten Häuser hinter uns gelassen hatten und die offene Landschaft wieder vor uns lag, sagte sie: »Die Leute wußten früher mit diesem fruchtbaren Land nichts anzufangen, als es noch keinen Kunstdünger gab; sie ließen es völlig herunterkommen und brachliegen, nachdem der Boden nichts mehr hergab. Vor etwa hundert Jahren kamen sie dann auf eine furchtbare Idee. Sie ›züchteten‹ Sklaven heran und trieben sie in Ketten auf den Markt zum Verkauf, nach Port Tobacco. Rund um den Marktplatz herum hatten die Händler, Sklavenhalter und Anwälte ihre Kontore, auf der anderen Seite waren die Lagerhäuser und die Baracken für die Sklaven. Sie wurden darin eingesperrt bis zur Auktion. Der Block, an dem die Sklaven angebunden wurden, befand sich mitten auf dem Marktplatz. Es ging schrecklich zu auf diesen Sklavenauktionen: Die Käufer zogen die Sklavenmädchen nackt aus und tasteten sie ab, kleine Kinder wurden ihren Müttern aus den Armen gerissen und schrien und weinten jämmerlich, wenn die Käufer und Händler mit Peitschen auf sie einschlugen ... einfach entsetzlich! Meine Mutter kennt Port Tobacco, es soll jetzt die reinste Geisterstadt sein; das einzig Gute dort ist ein kleiner artesischer Brunnen auf dem Marktplatz, aus dem sogar die Sklaven trinken durften.«

»Und die Stadt liegt in St. Mary's?«

»Nein, in Charles.«

»Aber auch diese Stadt ist ein Teil dieses Landes, oder nicht?«

»Ein Teil? Duke, verstehen Sie denn nicht, warum die Leute diese Sklaven ›züchteten‹? Weil sie nichts zu essen hatten! Sie hatten Hunger, genau wie der alte Mann und seine Zwergochsen, wie alle. Wie ich, vielleicht. Das *könnte* die Erklärung dafür sein. Die Erklärung dafür, warum ich mich beim Essen nie beherrschen konnte.«

»Das alles liegt doch jetzt hinter dir, Holly.«

Ich erschrak über mich selbst, als mir ihr Vorname und das Du so herausrutschten.

Sie merkte es sofort, griff nach meiner Hand und drückte sie.

Am Straßenrand stand ein Wegweiser mit der Aufschrift BAYSIDE LUMBER COMPANY. Sie ließ mich vorbeifahren und erklärte nur kurz, diese Firma sei ein Sägewerk und gehöre ihrem Vater, auch ihr Elternhaus befände sich ganz in der Nähe. Wir fuhren an einer kleinen Bucht vorbei und bogen rechts ab über einen Hügel. Auf der rechten Straßenseite zog sich eine hohe Hecke hin, dahinter lag ein größeres Gebäude, das wie eine Schule aussah, und weiter vorn konnte man hinter einer Gruppe hoher Bäume die alte Kirche sehen. Sie flüsterte mir zu, neben der Hecke zu parken.

Mit geschlossenen Augen sog sie die Luft ein, die von einem eigenartigen Duft erfüllt war, und sagte: »Dieser Duft, Duke ... ist er nicht wundervoll?«

»Woher kommt er ... von irgendwelchen Blumen?«

»Nein, Buchsbaum. Das sind englische Buchsbaumhecken. Auf der ganzen Welt gibt es keinen Duft, der diesem gleichkäme. Und die Bäume da, das sind uralte Kastanien. Es ist unglaublich, aber es sind tatsächlich Kastanien. In ganz Amerika gingen die Kastanienbäume vor ein paar Jahren an Mehltau ein, nur hier nicht. Begreifen Sie nun, weshalb ich dieses Land so sehr liebe ... mein schönes St. Mary's?«

»Ich beginne dieses Land auch allmählich zu lieben.«

Sie zeigte mir das Wasser, das hinter der Kirche unterhalb eines steilen Felsufers schimmerte, und erzählte mir von den Schiffen, die hier gelandet waren. Ihre Namen, *Ark* und *Dove,* hatte Bill mir in der Nacht genannt, in der er sich so betrunken hatte; trotzdem hörte ich ihr geduldig zu, das alles schien ihr so viel zu bedeuten. Sie sagte, es sei gerade Frühling gewesen, als die Siedler hier an Land gingen; »überall blühten die Blumen, die Indianer waren friedlich, und sogar die Vögel sangen ihnen ein Willkommenslied.« Einen Vogel hätten die Siedler besonders ins Herz geschlossen, erzählte sie weiter, »weil er besonders schöne, sichere Nester baut – den Pirol.«

»Den Baltimore-Pirol?«

»Ja, er heißt so nach Lord Baltimore.«

Sie fuhr fort: »Bald darauf bauten sie sich ein Rathaus, gleich da vorn – sehen Sie? Es wurde 1954 anläßlich der Dreihundertjahrfeier originalgetreu wiederaufgebaut. Auch die Trinity Church haben die Siedler gebaut, die kleine Kirche da hinter den Bäumen. Früher war das mal eine anglikanische Kirche, heute ist es eine Episkopalkirche.«

»Sie wollten darin beten ... haben Sie das vergessen?«

»Drängen Sie mich bitte nicht, Duke.«

»Warum waren Sie so lange nicht mehr in der Kirche?«

»Das hat mehrere Gründe, Duke.«

Sie schwieg eine Zeitlang nachdenklich und sagte dann: »Ich rede dauernd davon, daß ich mich bemühe, mein Bestes zu tun, und vielleicht ist es mir sogar gelungen, hie und da etwas Gutes zu tun. Aber ich bin aus ganz anderen Gründen in die Kirche gegangen, das ist mir jetzt klar. Ich bin zur Kirche gegangen, weil ich mich dort sicher fühlte, weil ich mich dort verstecken wollte. Weil mich dort die Leute nicht auslachen konnten wegen meiner Figur. Jetzt wissen Sie es, jetzt habe ich Ihnen die Wahrheit gesagt. Ich bin nicht der Mensch, der ich vorgab zu sein. Mein ganzes bisheriges Leben war eine einzige große Lüge. Duke, ich habe versucht, Gott zum Narren zu halten.«

»Läßt Er sich denn zum Narren halten?«

»Ich habe Ihnen doch gesagt, daß mein bisheriges Leben eine einzige Lüge war!«

»Die Gründe dafür sind gar nicht so verwerflich, wie Sie meinen. Hören Sie, es wird allmählich spät. Gehen Sie jetzt, damit Sie Ihr Gebet hinter sich bringen.«

»Ja, wenn ich's überhaupt fertigbringe.«

»Wenn? Jetzt wird nicht gekniffen, verstanden?«

Sie knüpfte ihr Kopftuch fester, schob die Decke von den Knien und stieg aus. Draußen knöpfte sie erst ihren hellen Mantel zu und ging dann mit gesenktem Kopf durch eine Öffnung in der Hecke langsam auf die Kirche zu. Sie blieb eine Weile fort. Ein Mann kam aus der Kirche, und zwei oder drei Frauen gingen hinein. Dann kam sie zurück. Die Art, wie sie den Kopf gesenkt hielt, war keineswegs der Ausdruck inneren Friedens. Sie stieg ein, zog die Decke über die Knie und lehnte den Kopf an die Wagentür, das Gesicht von mir abgewandt. Ich wartete eine Zeitlang, und als sie nichts sagte, fragte ich: »Na, haben Sie gebetet?«

»... ich war überhaupt nicht in der Kirche.«

»Warum denn nicht?«

»Ich konnte nicht.«

Sie sah zu den Bäumen hinüber und fuhr fort: »Ich stand schon vor der Tür, da kam plötzlich Lloyd Dennis heraus, mein Onkel. Er ging an mir vorbei und erkannte mich nicht. Da wurde mir klar, wie sehr ich mich verändert haben muß, und ein eigenartiges Gefühl überkam mich. Dann kamen diese Frauen die Treppe herauf, sahen mich neugierig an und erkannten mich auch nicht, obwohl ich sie von Kindesbeinen an kenne. Sie gingen einfach an mir vorbei in die Kirche hinein. Es war wie in einem dieser Träume, wo man eine Treppe hinunterschwebt, und unten sind alle versammelt und starren in einen Sarg hinein; und man sieht sich selbst im Sarg liegen, wunderschön, mit Blumen überall und so. Ich wollte hineingehen, aber ich hab's nicht fertiggebracht. Ich ging bis zu dem steilen Felsufer, nur damit mich niemand mehr sehen konnte und versuchte, mich dazu zu zwingen, hineinzugehen und mich hinzuknien – das ist alles. Und ich habe mir eingebildet, wenn ich hierhin zurückkäme, wo alles ein Teil meiner selbst ist, wäre alles gut. Aber es ist nicht so – nichts ist gut. Ich bin in einem so grauenhaften Zustand – wie nie zuvor.«

Sie fing an zu weinen, und ich fuhr los, links an dem Rathaus vorbei auf die Bundesstraße 5. Als wir an der kleinen Bucht vorbeifuhren, sagte ich: »Hören Sie, einem alten Kumpel können Sie doch nichts vormachen! Sie haben doch noch etwas auf dem Herzen, also raus damit! Worum geht's nun wirklich?«

»Wie soll ich es Ihnen nur sagen? Duke, es gibt Dinge, Gedanken, die so schwarz sind, daß man es nicht wagt, sie in die Kirche hineinzutragen. Man kann sich dort nicht hinknien mit diesen Gedanken im Herzen. Es genügt eben nicht, daß man ein Gebet murmelt, das wäscht das Herz auch nicht rein. Nein, Voraussetzung ist, daß man ein reines Herz hat, dann kommt alles andere von selbst. Duke, seit diesem verrückten Unfall damals, habe ich Angst vor Booth. Ich weiß, daß er auf der Farm ist. Das Böse hat von meiner Seele Besitz ergriffen.«

Ich hatte plötzlich nur den einen Wunsch, sie in die Arme zu nehmen und ihr zu sagen, sie möge mir ihr Herz ausschütten, damit ich ihr helfen könnte, das Böse – was immer es war – aus ihrer Seele zu vertreiben. Aber da fragte sie plötzlich: »Wie weit würden Sie gehen für einen Freund?«

»Ich verstehe nicht ganz, wie Sie das meinen.«

»*Ich* weiß, wie weit *Sie* gegangen sind.«

Sie sagte, an dem Tag, an dem der Baum umstürzte, hätte ich mich selbst in Sicherheit bringen und sie ihrem Schicksal überlassen können, ohne daß je ein Mensch etwas davon erfahren hätte; statt dessen hätte ich zuerst sie gerettet. Sie fügte hinzu: »Und genauso werde ich Ihnen gegenüber handeln.«

Etwas Schreckliches lag in ihren Worten, trotzdem war ich ein paar Minuten lang überglücklich. Doch dann kroch die alte Furcht wieder in mir hoch, die Angst vor dem Gefängnis und das bedrückende Bewußtsein, mich in einer hoffnungslosen Situation zu befinden. Wahrscheinlich hatte sie damit andeuten wollen, daß sich irgend etwas zusammenbraute, daß die Polizei oder Mr. Val oder irgend jemand sonst etwas mit mir vorhatte. Ich fragte sie geradeheraus: »Reden Sie von mir? Von meiner Entlassung? Oder ... vielleicht von einem Verfahren, das auf mich zukommen könnte?«

»Man hat Sie doch längst entlassen, oder nicht?«

»Gesagt hat man mir nichts davon.«

»Ich begreife Sie nicht, Duke. Ich weiß über Ihre Entlassung nur das, was Val mir an dem Abend damals am Telefon gesagt hat. Seitdem habe ich weder mit ihm, noch mit anderen jemals wieder darüber gesprochen. Wieso fragen Sie? Hat sich irgendwas ereignet?«

»Nicht, daß ich wüßte, mir ist jedenfalls nichts bekannt. Ich dachte nur, Sie hätten vielleicht was gehört. Entschuldigen Sie, daß ich überhaupt davon gesprochen habe. Reden wir lieber nicht mehr davon.«

»Sie wollen weg ... ist es das?«

»Ich möchte wissen, wie ich dran bin.«

»Dann fragen Sie Val.«

Wir sprachen plötzlich miteinander wie zwei völlig Fremde; von dem, was vorher zwischen uns gewesen war – was vielleicht nur in meiner Einbildung existiert hatte –, war nichts mehr da. Krank vor Furcht fuhr ich weiter, zitternd vor der geheimnisvollen Macht, die diese Frau auf mich ausübte, und wütend darüber, daß ich, solange die Dinge in diesem Stadium blieben, den Kopf einziehen mußte.

II

An diesem Abend schob sie ihr Obst beiseite, schnitt sich ein Stück Kuchen ab, verpackte es in Folie und sagte, sie würde es später essen. Val triumphierte, und ich ging niedergeschlagen ins Bett. Während der nächsten Tage stellte sie mir mein Essen hin und ließ mich allein essen; sie sprach kaum mit mir, höchstens über das Wetter.

Eines Tages, als ich auf dem Feld draußen Kürbisse für Halloween, dem Abend vor dem Allerheiligenfest, aussortierte, hörte ich plötzlich das Schlagen einer Wagentür, und als ich aufblickte, sah ich Bill vor mir. Ich begrüßte ihn mit dem üblichen Hallo, aber er schien mich nicht zu verstehen und übersah meine ausgestreckte Hand. Er platzte sofort damit heraus, als wolle er mich überrumpeln und meinen Gesichtsausdruck dabei beobachten: »Was ist los mit Holly?«

»Woher, zum Teufel, soll denn ich das wissen?«

Die Worte fuhren mir gegen meinen Willen heraus, es klang ziemlich grob, aber was er sagte, klang noch gröber. »Hör auf mit der verdammten Verzögerungstaktik!« fuhr er mich an.

»Was sagt sie denn darüber?«

»Nichts, aber du wirst reden, Duke! Sie ist im Haus und macht die Tür nicht auf, ich soll wohl denken, sie sei nicht zu Hause. Aber ihr Wagen ist da, also ist sie auch da. Drei Monate geht das nun schon so! Sie ruft jeden Tag bei uns an, spricht mit Mutter, mit Marge, mit mir und allen möglichen Leuten. Aber sie kommt uns nicht besuchen und lädt keinen von uns ein. Da stimmt doch was nicht! Also, was geht hier vor?«

Ich holte eine Kiste vom Anhänger und stellte sie ihm hin, damit er sich daraufsetzen konnte, dann kletterte ich auf meinen Traktor. Inzwischen hatte ich meinen Gesichtsausdruck wieder in der Gewalt und hatte mir überlegt, was ich sagen sollte. »Hör mal, Kumpel«, begann ich, »du weißt doch, daß du alles von mir verlangen kannst, aber das ist ihre Sache und geht mich nichts an.«

»Hast du was mit ihr?«

»Was?«

»Du hast gehört, was ich gefragt habe.«

»Wirklich 'ne schöne Sache, einem so was ins Gesicht zu sagen.« – »Schöner noch, es zu tun!«

»Wie kommst du überhaupt darauf?«

»Sie erwähnt dich nie ... bei keinem Gespräch. Redet allen möglichen Quatsch, aber kein Wort von dir. Kommt dir das nicht selbst reichlich komisch vor?«

»Absolut nicht.«

»Val könnte es unter Umständen sehr interessant finden.«

»Höchstens, wenn ihm jemand einen Floh ins Ohr setzt.«

»Duke, wenn ich zu wählen habe zwischen einem Dreckskerl, der mal Tellerwäscher war, und einem, der gesessen hat, ist mir der Dreckskerl immer noch lieber. Das mußt du dir merken.«

»Man hat mich genau eine Nacht festgehalten.«

»Knast ist Knast.«

Das war ein ziemlicher Tiefschlag, besonders, da ich Bill mochte. Ich merkte zwar, daß er mich auch noch immer gern hatte und nur ungern solche Gemeinheiten aussprach, aber das machte die Sache auch nicht besser. Die Welt schien sich plötzlich für mich zu verfinstern.

Dann sagte Bill: »Duke, um herauszukriegen, was los ist, muß ich dich zum Reden bringen.«

»Was könnte denn deiner Ansicht nach der Grund für ihr eigenartiges Verhalten sein?«

»Hollis Valenty.«

»Von Hollis Valenty hab' ich in meinem ganzen Leben noch nie was gehört.«

»Bist du sicher? Hat dieser Abschaum der Menschheit wirklich noch nie mit Hollis Valenty angegeben? Sagst du wirklich die Wahrheit?«

Ich kletterte wieder von dem Traktor und boxte Bill scherzhaft in die Seite, nur ganz leicht, aber doch fest genug, um ihn daran zu erinnern, mit wem er sprach. Ich sagte: »Nun spuck's schon aus – wer ist Hollis Valenty?«

»Ein Traum. Der Traum, für den Vally lebt. Hollis Valenty ist das Kind, das er sich so sehr wünscht, mehr als alles auf der Welt. Das Kind, das – ganz gleich, ob's ein Junge oder ein Mädchen wird – Hollis Valenty heißen soll. Wenn's mal erst soweit ist, kann sie seinetwegen morgen schon sterben, ihm macht das überhaupt nichts aus. Dann hat er ja sein Kind, hat seinen Namen mit ihrem vermischt. Er ...«

Bill sprach den Satz nicht zu Ende, da mir das Mittagessen hochkam. Er hielt mir den Kopf, während ich es herauswürgte. Dann schraubte er meine Thermosflasche auf und brachte mir einen Becher kaltes Wasser. Als ich mir den Mund ausgespült hatte, sagte ich: »Es ist bestimmt nicht Hollis Valenty, das weiß ich ganz genau.«

»Was ist es dann?«

»Sie hat viel Gewicht verloren.«

»Soll das heißen, daß sie krank ist?«

»Es soll heißen, daß sie nicht krank ist.«

Eigentlich wollte ich's dabei bewenden lassen, aber ich hatte mich nicht mehr in Gewalt und platzte heraus: »Ich muß mich berichtigen. Sie war auf dem besten Wege, endlich ein gesunder Mensch zu werden mit Hilfe einer Diät, die ich für sie zusammengestellt habe. Aus irgendwelchen Gründen wollte sie das aber vor allen Bekannten und Verwandten geheimhalten. Aber sie hat's nicht durchgehalten, diese energielose Faulenzerin, die sie ist! Ich hab's ja gleich gewußt, daß sie's nicht durchhalten würde. Und jetzt, wenn du nichts dagegen hast, möchte ich wieder an die Arbeit gehen, sozusagen als Ersatz für das Gefängnis, in dem ich zwar nie wirklich gesessen habe, das du aber freundlicherweise eben erwähnt hast – also, laß mich jetzt bitte allein, ja?«

»Das mit dem Gefängnis nehm' ich zurück.«

»Ich hab' gesagt, du sollst abhauen!«

»Ich war fest entschlossen, dich zum Reden zu bringen.«

»Du wirst bestimmt nicht mehr fest entschlossen aussehen, wenn du nicht endlich verschwindest!«

»Na, wenigstens wissen wir jetzt, daß du nicht der Grund bist!«

Er machte ein merkwürdiges Gesicht, als er in seinen Wagen einstieg. Aber ich ging zu meinen Kürbissen zurück und fing an, sie aufzuladen. Plötzlich stand sie neben mir und fragte, was er von mir gewollt hätte. Ich beachtete sie überhaupt nicht, sondern arbeitete ruhig weiter. Sie fragte mich, wieso mir übel geworden sei, und da ich inzwischen fertig aufgeladen hatte, fuhr ich einfach los; der Traktor machte einen Lärm wie eine ganze Feldartillerie. Sie kam mir nach, und als ich im Hof anhielt, meinte sie: »Am besten kommen Sie mit rein und setzen sich erst mal. Sie sind ja kreideweiß im Gesicht!«

Sie faßte mich am Arm, führte mich hinein und zu meinem Platz auf dem kleinen Sofa. Sie brachte mir ein Glas Buttermilch und sagte: »Ich habe meinen Salat mit Buttermilch angemacht, damit er nicht immer gleich schmeckt. Trinken Sie, das bringt Ihren Magen wieder in Ordnung.«

Ich trank das Glas aus, und sie schenkte mir noch einmal ein. Dann setzte sie sich neben mich und fragte noch einmal, wieso mir übel geworden sei; das Mittagessen, das sie mir zubereitet hätte, sei vollkommen in Ordnung gewesen, das wisse sie genau.

»Es war nicht das Essen. Es war das Gerede.«

»Etwas, was Bill gesagt hat?«

»Hollis Valenty.«

»Also das Thema hat er angeschnitten!«

»Er wußte, daß Sie sich aus irgendeinem Grund verstecken, da dachte er eben, das könnte es sein. Marge war wohl auch davon überzeugt.«

»Und deswegen ist Ihnen schlecht geworden?«

»Es war ja nur halb so schlimm.«

Sie war plötzlich sehr freundlich und sagte, ich solle meine Buttermilch langsam trinken, damit ich sie auch bei mir behielte. Dann fragte sie: »Was haben Sie ihm denn geantwortet, was mit mir los ist?«

»Der halbherzige Versuch, eine gute Idee durchzuführen, den Sie mittendrin einfach abgebrochen haben, weil Sie eben eine energielose Faulenzerin sind. Genau das hab' ich ihm geantwortet, wenn es Sie interessiert.«

»Einen Augenblick, ich wollte Ihnen etwas zeigen.«

Sie ging in ihr Schlafzimmer hinüber, während ich dasaß, meine Buttermilch schlürfte und vor mich hinbrütete. Sie blieb eine Weile weg, und als sie wiederkam, trug sie immer noch die dunkelroten Schlangenlederschuhe, hatte aber lange Hosen und einen anderen Pullover angezogen. Der Pullover war blau und schmiegte sich so eng an ihren Körper, daß mir wieder ganz schwach in den Knien wurde. Auch die Hose lag an wie eine zweite Haut. Sie sagte: »Vorige Woche habe ich mich in diesen Pullover und in die Hose verliebt und fuhr in die Stadt, um sie zu kaufen. Aber ich war noch zu dick, ich paßte nicht hinein. Jetzt passen die Sachen wie ein Handschuh; ich hab' nämlich inzwischen noch mehr abgenommen.«

Ich sagte, die Sachen ständen ihr gut, und sie kam näher heran, damit ich sie genau betrachten konnte. Plötzlich stieg mir ein eigenartiger Geruch in die Nase.

Er kam aus dem Päckchen in ihrer Hand, von dem alten

Stück Kuchen, das sie sich neulich zu meinem Entsetzen abgeschnitten hatte, um es angeblich später zu essen. Sie trug es in die Küche, und ich hörte, wie der Deckel des Abfalleimers auf- und zuklappte. Sie kam zurück und sagte: »Vorhin im Kürbisfeld waren Sie so sehr damit beschäftigt, sich über Gott und die Welt zu ärgern, daß Sie gar nicht gemerkt haben, wie ich überhaupt dorthin gekommen bin. Jedenfalls haben Sie mich nicht danach gefragt.«

»Na und? Wie denn?«

»Ich bin *gelaufen.*«

Sie setzte sich wieder neben mich, hielt mir das Glas an den Mund, flößte mir einen kleinen Schluck Buttermilch ein und tupfte mir mit ihrem Taschentuch den Mund ab. Dann fuhr sie fort: »Ich kann seit einiger Zeit schon gehen wie jeder andere Mensch. Heute, als Bill wegfuhr, und ich unbedingt wissen wollte, weshalb er gekommen war, bin ich *gelaufen!* Einfach gelaufen, ohne zu überlegen, richtig *gerannt*, Duke! Ich kam mir vor wie ein Kalb. Ein kleines Kalb, das um seine Mutter herumhüpft und die tollsten Sprünge macht!«

»Ich war zu beschäftigt. Ich habe es nicht gesehen.«

»*Mich* haben Sie nicht gesehen, wollen Sie wohl sagen?«

»Ich wollte endlich mit meiner Arbeit fertig werden.«

»Und was kommt jetzt, nach dem Laufen?«

»Was soll denn noch kommen?«

»O Duke ... es muß noch viel mehr kommen!«

»Zum Beispiel?«

»Tanzen!«

»Na schön, tanzen Sie also!«

»Wenn mir's nur jemand beibringen wollte!«

»Wieso ... können Sie denn nicht tanzen?«

»Woher sollte ich's denn können? Wer wollte schon mit mir tanzen? Wer will schon mit einem Nilpferd tanzen?«

Das zerriß mir das Herz, denn obwohl ich all die wichtigen

Gründe gekannt hatte, die sie veranlaßt hatten, ein neues Leben zu beginnen, hatte ich die kleinen kindlichen Wünsche übersehen, die ihr vielleicht sehr viel bedeuteten. Ich erklärte: »Ich werd's Ihnen beibringen.«

»Wenn es Ihnen wieder besser geht, Duke.«

»Es geht mir ganz prima.«

Sie ging zum Radio hinüber und schaltete es ein. Als Tanzmusik ertönte, legte ich den Arm um sie und sagte: »Die beiden Hauptregeln sind, daß Sie sich von Ihrem Partner führen lassen und im Takt der Musik tanzen. Denken Sie dabei nicht an Ihre Füße, die machen schon die richtigen Schritte.«

Wir tanzten eine Zeitlang; sie ließ sich leicht führen und lag träumerisch in meinen Armen. Auch wenn die Musik vom Ansager unterbrochen wurde, lösten wir uns nicht voneinander, sondern wiegten uns leicht hin und her, so daß wir gleich weitertanzen konnten, wenn die Musik wieder anfing. Nach und nach hatte ich mein Gesicht tief in ihr Haar vergraben, und meine Wange berührte ihre Wange. Sie wandte den Kopf nicht ab, und plötzlich fühlte ich ihre Lippen auf den meinen, wie weiche, scheue kleine Blumen. Aber dann kroch ein dünner gelber Faden langsam durch mein Herz.

Ich ließ die Arme sinken.

Ich hörte auf zu tanzen.

Ich sagte: »Ich habe zu tun.«

Ich ging hinaus und ließ sie weinend zurück.

Das Abendessen verlief in scheußlicher Stimmung; sie sprach kein Wort, Mr. Val sagte nichts, und ich brachte erst recht keinen Ton heraus. Sobald ich fertig gegessen hatte, ging ich hinaus, setzte mich auf die Veranda vor der Hütte und begann, die Kürbisse auszuhöhlen und Gesichter hineinzuschneiden. Als ich mit den vierundzwanzig Kürbissen fertig war, trug ich sie alle in mein Schlafzimmer, um sie mit elektrischen Glühbirnen und den nötigen Drähten auszustatten, da sie ja von innen beleuchtet sein sollten. Ich arbeitete bis nach Mitternacht, aber zwischendurch – gegen neun, glaube ich – stand Mr. Val plötzlich im Türrahmen und fragte, ob ich zurechtkäme. Er sagte, ich hätte meine Sache großartig gemacht, und anstatt sich selbst zu loben und wer weiß wie anzugeben, wie sonst immer, setzte er sich ziemlich deprimiert auf mein Bett und fragte: »Duke, war irgend jemand hier?«

»Nun ja, Mr. Val, alle möglichen Leute kommen doch täglich hierher. Homer kommt zum Beispiel fast jeden Tag. Und der Öllieferant, um den Tank nachzufüllen. Der Mann vom Elektrizitätswerk kommt auch öfter, um den Strom abzulesen. Die werden wohl zum Teil hier gewesen sein, nehme ich an, wenn Sie das meinen.«

»Haben Sie schon mal was von Sol Lippert gehört?«

»Nicht, daß ich wüßte, nein.«

»Er ist ein Gangster, Duke. Er verkauft Schnaps und ruft mich dauernd an. Geschäftlich, wie er sagt, er fragt immer nach meinen Schnapsbeständen. Und trotzdem ... trotzdem werde ich das Gefühl nicht los, daß er mir nachspioniert. War er vielleicht hier?«

»Ich habe ihn jedenfalls nicht gesehen.«

»Irgendwas stimmt da nicht!«

Und dann, nachdem er eine Zeitlang schweigend mit den Fingern geschnippt hatte: »Duke, wenn er kommt, möchte ich darüber informiert werden.«

»Sir, das sind Sachen, die mich nichts angehen und ...«

»Duke!«

»Jawohl, Sir. Okay.«

Diese Nacht war noch schwärzer als die Nacht, die ich im Gefängnis verbracht hatte. Ich war mir selbst zuwider, weil ich hinter ihrem Rücken über sie und über Dinge gesprochen hatte, die sie betrafen. Ich verabscheute den gelben Faden, der sich durch mein Herz geschlängelt hatte. Am meisten verabscheute ich aber die Art, mit der ich die zarte kleine Blume, die sie mir angeboten hatte, zurückgewiesen und in den Staub getreten hatte. Endlich schlief ich hundemüde ein, aber nicht für lange, wie sich herausstellen sollte. Gegen Morgen schreckte ich plötzlich hoch, ich hatte von Wilkes Booth geträumt. Deutlich hatte ich im Traum jenes Glöckchen gehört, dieses winzige Katzenglöckchen, das ich am ersten Abend hatte klingeln hören. Ich stand auf, zog meinen Bademantel an und ging hinaus, um nachzusehen, ob der Deckel fest auf der Milchkanne säße und der Henkel nach oben gerichtet sei. Dann ging ich zurück ins Bett und versuchte weiterzuschlafen. Aber wieder spürte ich dort draußen das Böse, genau wie ich es in meinem Herzen spürte, obwohl ich nicht recht wußte, was es war.

12

Am nächsten Morgen erschien ein Trupp Bauarbeiter, um einen neuen Telefonmast zu setzen. Mr. Val wies mich kurz an, ihnen behilflich zu sein, stieg in seinen Wagen und fuhr fort, ohne viel zu reden; er kniff lediglich die Augen zusammen und starrte mit seltsamem Gesichtsausdruck in den Himmel. Das beunruhigte mich nicht besonders, obwohl ich mir klar darüber war, daß er sich nicht ewig Sand in die Augen streuen lassen würde; aber es war mir sehr recht, daß ich den Arbeitern helfen sollte.

Mrs. Val war zum Frühstück nicht erschienen, und wenn ich mich vom Räuchern drücken konnte, würde ich sie vielleicht überhaupt nicht sehen, konnte eventuell sogar in Clinton essen und mir alles in Ruhe durch den Kopf gehen lassen.

Gegen neun kamen die Leute von der Post; wir fingen sofort mit der Arbeit an. Plötzlich sah ich sie aus dem Haus kommen; sie trug ein braunes Kostüm, das ich noch nie an ihr gesehen hatte, dazu passende Schuhe und eine gleichfarbige Handtasche. Von meinem Mast aus beobachtete ich, wie sie in die Garage ging, den Wagen herausfuhr, die Garagentür wieder zumachte und in Richtung Stadt fuhr, ohne auch nur ein einziges Mal zu mir hinzuschauen.

Über die Gefühle, die mich in diesem Augenblick bewegten, bin ich mir keineswegs klar, wenn ich überhaupt etwas empfand; jedenfalls ging mir blitzartig der Gedanke durch den Kopf, daß ich, wenn ich überhaupt etwas unternehmen wollte, es sofort tun mußte. Sobald die Arbeiter fertig waren, lief ich ins Haus und rief Bill in Waldorf an. Ich sagte: »Hör zu, Kumpel, ich hab' mir's überlegt, ich glaube, ich hab' dir doch allerhand zu sagen.«

»Okay, schieß los!«

»Nicht am Telefon.«

»Wieso denn nicht?«

»Also, hör zu, ich bin bereit, mit dir zu reden, aber unter keinen Umständen am Telefon, ist das klar?«

»Du alter Dickschädel, du …«

»Komm bitte raus.«

»Bin ja schon unterwegs, Duke, reg dich nur nicht auf!«

Ich erwartete ihn an der Tür mit dem Pullover und den langen Hosen seiner Schwester in der Hand; die Augen fielen ihm fast aus dem Kopf, als er die Sachen sah. Ich erzählte ihm, daß ich mich geirrt hätte, als ich behauptete, sie sei rückfällig geworden, und führte ihn ins Schlafzimmer, wo ihre anderen Sachen herumlagen. Er nahm mir den Pullover aus der Hand und zog und zerrte daran, als könne er seinen Augen nicht trauen und vermute hinter all dem irgendeinen Trick. Ich schilderte ihm ihre Tapferkeit während der Abmagerungskur und welche Rolle ich dabei gespielt hatte; auch Mr. Vals Reaktion verschwieg ich nicht, woraufhin er natürlich einige bemerkenswerte Flüche ausstieß. Dann sagte ich: »Aber deswegen hab' ich dich eigentlich nicht hergerufen. Ich will mich kurz fassen. Gestern, nachdem du abgefahren warst, hatte ich eine Unterredung mit deiner Schwester, und es hat sich herausgestellt, daß du doch recht hattest mit deiner Vermutung, daß wir uns nicht ganz gleichgültig sind, sie und ich. Ich hab' mir ihr gegenüber zwar nichts von meinen Gefühlen anmerken lassen, aber das hat sie mir ziemlich übelgenommen. Das eine steht jedenfalls fest; sie ist ziemlich verrückt nach mir.«

»Allmächtiger Gott!«

»Soll ich weiterreden, Bill, oder nicht?«

»Worauf willst du hinaus, Duke?«

»Im Augenblick sollst du mir zuhören, und du *wirst* mir gefälligst zuhören! Ich hatte 'ne ziemliche Wut auf dich gestern. Du wirfst mir vor, daß ich eine Nacht lang gesessen habe. Was glaubst du wohl, wie lange du gesessen hättest, wenn ich nicht wäre? Hier in diesem Zimmer wolltest du den Regierungskommissar zusammenschlagen. Was wäre denn jetzt, wenn ich dich nicht ...«

»Ich hab's doch schon zurückgenommen, oder nicht?«

»Na ja, so halbwegs vielleicht ...«

»Also, ich nehm's zurück! Genügt das?«

»Ich verlange, daß du dich entschuldigst.«

»Also, verdammt noch mal ...«

»Ich hab' gesagt...«

»Also schön, entschuldige bitte.«

Ich sagte, schon gut, er solle nur jetzt gefälligst weiter zuhören. »Diese Abmagerungskur hat eine eigenartige Wirkung auf sie ausgeübt«, erklärte ich ihm. »Sie war dick und ehrbar, viel zu lange, und jetzt will sie was erleben. Sie will toben und schreien und lachen, sie will laufen und tanzen und singen. Sie möchte was mit einem Mann anfangen – vor allem mit mir. Ich bin nämlich derjenige, der einen freien, glücklichen Menschen aus ihr gemacht hat.«

Bill fing an, mich wütend zu beschimpfen, aber ich unterbrach ihn einfach. »Ich hab' dir ehrlich gesagt, was passiert ist. Sie fing an zu schmusen, und ich bin abgehauen. Im Augenblick ist sie nicht besonders gut auf mich zu sprechen. Aber ich brauche nur die Hand auszustrecken, und sie fällt mir um den Hals ... begreif das doch endlich, du Idiot!«

»Wenn du hinter Geld her bist ... ich hab' keins.«

»Ich bin nicht hinter Geld her!«

»Hinter was denn dann?«

»Ich hab' dir bereits erklärt, daß ich mir überlegt hab', was du gestern zu mir gesagt hast. Der beste Beweis ist doch die Tatsache, daß ich nicht mitgemacht habe, als sie zärtlich wurde. Du hast nämlich in fast allen Punkten recht. Wenn ich ihren jetzigen gesellschaftlichen Status bedenke, bin ich tatsächlich nicht der Richtige für sie. Du weißt sehr wohl, daß ich genauso verrückt nach ihr bin wie sie auf mich. Trotzdem bin ich bereit, zu verschwinden – unter einer Bedingung.«

»Und die wäre?«

»Kennst du diesen Polizeibeamten näher, Bill?«

»Den, der dich verhaftet hat?«

»Kennst du ihn, Bill?«

»Ziemlich gut sogar.«

»Ich möchte das Geständnis zurückhaben.«

»Dafür wärst du bereit, zu verschwinden?«

»Bill, vergiß, daß ich dir gesagt habe, sie wäre verrückt nach mir. Wenn du jemals ihr gegenüber ein Wort darüber verlauten läßt, daß ich das gesagt habe, kannst du was erleben! Meine Gefühle für sie kann ich nicht ausdrücken – so viele Worte gibt es überhaupt nicht. *Trotzdem* – wenn du mir das Geständnis zurückbesorgst, hau' ich hier ab.«

Bill dachte eine Zeitlang schweigend nach, dann erwiderte er: »Ich kenne diesen Daniel, Duke, ich habe ihm schon manchen Gefallen erwiesen. Vielleicht krieg' ich ihn rum, und er rückt das Ding raus. Aber wenn er es nun nicht tut, was dann?«

»Dann verschwinde ich trotzdem, aber anders.«

»Wie – anders?«

»Dann nehm' ich sie mit!«

Bill war im Zimmer auf und ab gegangen, nun fuhr er zu mir herum, als wolle er mich zusammenschlagen. Ich beachtete ihn gar nicht, sondern fuhr fort: »Wenn Val mich zusammen mit diesem Daniel fertigmachen will – okay, meinetwegen. Aber vorher geh' ich mit seiner Frau durch. Unterschätz mich nicht Bill, es ist mein Ernst, es kann schon heute abend passieren!«

Bill ließ den Arm sinken, setzte sich vor das Telefon und wählte die Nummer der Polizei in Malboro. Er ließ sich mit Daniel verbinden und fing an zu reden, von mir, von meiner Arbeit diesen Sommer – kein Wort von Gefälligkeiten, nur von meiner Besserung, und daß ich wirklich verdient hätte, anständig behandelt zu werden. Dann schwieg er und hörte zu, was sein Gesprächspartner am anderen Ende der Leitung zu sagen hatte. Schließlich sagte er erfreut: »Wirklich, Danny, willst du das mir zuliebe tun? Du kannst mir wirklich glauben, der Bursche ist in Ordnung, obwohl er diesen einen Fehler gemacht hat. Er hat's wirklich verdient, anständig behandelt zu werden.«

Er legte den Hörer auf die Gabel zurück und erklärte: »Er wird das Geständnis suchen, heute abend noch. Das Geständnis und die Pistole, die er dir damals abgenommen hat ... aber wieso muß er überhaupt erst danach *suchen?«*

»Weiß er denn nicht mehr, wo das Zeug liegt?«

»Duke, eins kommt mir reichlich komisch vor. Er sagte, er

sei furchtbar beschäftigt gewesen und hätte überhaupt nicht mehr an die Sache gedacht, und zwischendurch erklärte er: ›Eigentlich war das ja Vals Idee‹. Was hältst du davon?«

»Nichts Gutes.«

»Das muß sofort geklärt werden!«

Bill wählte eine andere Nummer. Anscheinend meldete sich das *Ladyship*, Vals Speiserestaurant, denn er fragte nach Miß Coulter. Als sie an den Apparat kam, sagte er sehr geheimnisvoll, er sei Repräsentant der Kreditgesellschaft und hätte ein paar Fragen bezüglich »dieses Dokuments, das Sie unterschrieben haben. Miß Coulter ... Sie wissen schon ...« Ehe er noch den Satz beenden konnte, schrie sie ziemlich laut zurück; sie kreischte derart, daß Bill kurz entschlossen wieder einhängte. Er sagte: »Das war Dannys Freundin. Das Mädchen ist in Ordnung, nur hat sie eine Schwäche für schöne Kleider und einen Griff in die Kasse getan. Val zwang sie, ein Schuldbekenntnis zu unterschreiben und den gestohlenen Betrag in kleinen Raten zurückzuzahlen. Er ist ein großer Reformer, dieser Val, man sollte es nicht für möglich halten! Also, wie die sich aufgeführt hat, das läßt mit Sicherheit darauf schließen, daß sie ihr Schuldbekenntnis längst von ihm zurückbekommen hat; und das wiederum bedeutet, daß er bestimmt durch sie etwas bekommen hat, was ihm mehr wert war als dieses lächerliche Schuldbekenntnis. *Wenn* es also seine Idee war, daß du ein schriftliches Geständnis ablegen solltest, dann ist es bestimmt dieses Geständnis, das Danny Val anbieten wird und mit dem er sozusagen ja dich an ihn verkauft, nur um das Schuldbekenntnis seiner Freundin zurückzubekommen. Der Grund, warum er es angeblich erst suchen muß und es natürlich leider nicht finden wird, ist der, daß er es gar nicht mehr hat, weil er es längst an Val weitergegeben hat.«

»Dann werden Holly und ich ...«

»Nicht so schnell, Duke! Übereile nichts.«

Er rief Marge in Waldorf an, informierte sie kurz und sagte dann: »Marge, Duke ist okay, bestimmt. Er hat ein Recht darauf, hinzugehen, wohin er will. Er hat das ganze Jahr über für Val gearbeitet und hat alles mögliche für Holly getan; ich hab' ja schon davon erzählt. Du kannst dir nicht vorstellen, was der Bursche fertiggebracht hat. Ich hab' ihre Kleider gesehen – es ist einfach toll! Sie ist endlich ein normaler Mensch, und das verdankt sie ausschließlich Duke. Außerdem hat sich sein Charakter in der Zwischenzeit so weit gefestigt, daß man ihn beruhigt gehen lassen kann. Der einzige Hinderungsgrund ist dieses Geständnis, das Daniel offensichtlich Val ausgehändigt hat. Ohne das Geständnis fühlt Duke sich unsicher, und das kann ich ihm gut nachfühlen. Baby, was können wir tun? Wieder einmal stellt sich dieser Bastard gegen uns alle, aber es muß doch eine Möglichkeit geben, ihm den Spaß zu versalzen!«

Er erwartete offensichtlich einige gute Ratschläge, aber es kam ganz anders. Zum zweitenmal an diesem Tag hörte ich die Stimme einer Frau schrill aus dem Hörer dringen, nur konnte Bill diesmal nicht einfach auflegen. Er mußte es sich gefallen lassen, und das tat er auch, sagte nur ab und zu schüchtern: »Ich verstehe«, und widersprach ihr kein einziges Mal. Schließlich legte er auf, ging zum Sofa hinüber, setzte sich, wischte sich den Schweiß von der Stirn und erklärte: »Marge sagt, Holly sei der einzige Mensch auf der Welt, der dieses Geständnis aus Val herauskriegt, wenn das überhaupt jemand fertigbringt.«

»Ja, ja. Aber *wie?*«

»Hör mal, Duke, wenn Holly mit dem Bastard ins Bett muß, um das Geständnis zu kriegen, ist das zwar eine Schande, aber das hättest du dir überlegen sollen, bevor du das Ding gedreht hast.«

Ich dachte darüber nach und erwiderte dann: »Besonders erfreuliche Nachrichten sind das zwar nicht, aber wenigstens wissen wir, woran wir sind. Trotzdem, ich hab' dir doch gesagt, daß sie wütend auf mich ist. Könnte Marge vielleicht bei ihr ein gutes Wort für mich einlegen?«

»Das wird sie kaum tun, fürchte ich.«

»Wieso, was hat sie denn auf einmal gegen mich?«

»Sie ist irgendwie schockiert. Sie ist davon überzeugt, daß Holly und du ineinander verliebt seid. Und für sie ist Liebe eben Liebe, nicht eine vorübergehende Verrücktheit, sie glaubt an ewige Treue und den ganzen Kram, also ist sie schockiert. Sie findet, du müßtest bei Holly bleiben.«

»Damit Val dafür sorgt, daß ich wieder ins Gefängnis gesteckt werde, was? Holly kann mich ja dann am Gefängnistor abholen, wenn ich endlich entlassen werde ... Aber verdammt noch mal, das wird sie nicht tun! Begreift Marge denn das nicht?«

»Ich habe dir ja gesagt, wie sie darüber denkt.«

»Und wie denkst du darüber?«

»Ich stehe zu Holly.«

»Das ist keine Antwort.«

»Wenn du 'ne Antwort weißt, dann sag sie doch!«

Ich wußte auch keine, sonst hätte ich ihn ja nicht angerufen und gebeten herzukommen, aber allmählich fing ich an, mich zu schämen und einzusehen, daß Marge gar nicht so unrecht hatte. Wahrscheinlich hatte sie mehr Verstand als wir anderen alle zusammen. Außerdem kannte ich ihre Loyalität, nicht nur Bill, sondern jedem Menschen gegenüber, den sie liebte, sie mußte also hundertprozentig im Recht sein. Eine Zeitlang saß ich so neben ihm auf dem Sofa und versuchte, mich zu beruhigen, bis mir klar wurde, daß er und Marge zwei ganz verschiedene Dinge wollten. Schließlich meinte ich: »Wenn ich dich recht verstanden habe, hätte ich also Marge auf meiner Seite, wenn ich in der Lage wäre, Holly standesgemäß zu ernähren.«

»Dafür ist es jetzt zu spät, fürchte ich.«

»Ich werde hierbleiben.«

»Verdammt, du hast mir versprochen zu verschwinden!«

»*Wenn* du mir das Geständnis zurückbesorgen würdest, aber das hast du ja nicht fertiggebracht.«

»Immerhin hab' ich rausgebracht, wer es hat, oder nicht?«

»Und außerdem ist Marge viel vernünftiger als du. Ich werde das tun, was sie für richtig hält, es ist mir ganz egal, wie sie im Augenblick mir gegenüber eingestellt ist.«

Bill schlug die Hände vors Gesicht, als wolle er in Tränen ausbrechen. Wahrscheinlich quälte ihn mehr als alles andere die Vorstellung, daß seine Schwester etwas mit einem Sträfling zu tun haben könnte. Aber ich redete einfach weiter. Ich sagte: »Du kannst Marge sagen, daß ich ihr dankbar bin, weil sie einmal gut von mir gedacht hat – früher. Ich werde versuchen, ihre Achtung zurückzugewinnen. Und sag ihr auch, daß ich bleibe, weil ich bleiben will, im Grunde hab' ich nie was anderes gewollt. Und was die Liebe betrifft – keiner könnte Holly mehr lieben als ich. Stolz hin, Stolz her, ganz gleich was es mich auch immer kostet, ich werde Marges Schwägerin kniefällig bitten, meine Frau zu werden, wenn es sein muß!«

13

Noch am gleichen Tag war es dann auch soweit, wenn auch alles ganz anders kam, als ich es mir ausgemalt hatte. Ich hatte, nachdem Bill weggefahren war, die Egge aus dem Geräteschuppen geholt, um sie im Hof zu reparieren, als ich plötzlich Hollys Wagen zurückkommen hörte. Ich setzte mich absichtlich mit dem Rücken zum Haus, um nicht als erster reden zu müssen, ich wollte, daß sie den ersten Schritt tat.

Aber nicht sie sprach mich an, sondern ein Mann, und ich fuhr hoch wie von der Tarantel gestochen, als mich seine rasselnde Stimme plötzlich anrief: »He! He, Sie dahinten!«

Ich drehte mich um und sah einen stutzerhaft gekleideten, etwa dreißigjährigen Mann auf mich zukommen. Er war mittelgroß, hatte ein teigiges Städtergesicht mit einem fadendünnen Schnurrbärtchen und einem Ausdruck in den Augen, der geradezu nach Unterwelt stank. Ich fragte ihn, was er wünsche, und er antwortete affektiert: »Ich? Nichts. Aber die *Dame* will was von Ihnen.«

»Warum sagt sie es mir nicht selbst?« »Sie hat *mich* gebeten, es Ihnen zu sagen.« Ich ging hinter ihm her zum Haus, voll Wut darüber, daß sie diesen Hanswurst mitgebracht hatte. Als ich ins Wohnzimmer kam, saß sie auf dem Sofa und blätterte in einem Haufen Zeitschriften, die auf dem Tisch ausgebreitet waren. Sie sah kurz auf und sagte ziemlich hochnäsig, wie es sonst gar nicht ihre Art war: »O Duke, würden Sie bitte Mr. Lipperts Sachen hinausbringen. Legen Sie sie doch bitte in den Alkoven.«

Ich nahm seinen Hut, den blauen Schal und den hellen Mantel, warf das Zeug im Alkoven auf den Tisch und ging in die Küche. Um mich zu beruhigen, lief ich eine Zeitlang hin und her, dann ging ich zurück ins Wohnzimmer und fragte so höflich wie möglich, ob ich noch was für sie tun könnte. Die beiden saßen jetzt dich nebeneinander auf dem Sofa: er erklärte ihr eine Whiskyreklame in einer der Zeitschriften. Sie sagte:

»Bitte, Duke, machen Sie Feuer. Es ist ziemlich kühl hier drin.«

Der Heizungsthermostat war auf zweiundzwanzig Grad eingestellt, es konnte also gar nicht kühl sein; trotzdem holte ich Kleinholz und Zeitungspapier aus der Hütte, ging damit ins Wohnzimmer, kniete vor dem Kamin nieder, entzündete ein Feuer und fragte dann: »Ist das alles, Mrs. Val?«

Anstatt zu antworten, ließ sie mich einfach dastehen wie einen dummen Jungen, wandte sich zu dem Kerl um und fragte, ob das nicht ein gemütliches Feuerchen wäre. Er zog einen halben Dollar aus seiner Rocktasche und warf ihn auf den Tisch in meine Richtung. Die Münze hüpfte ein paarmal auf der Tischplatte auf und nieder und lag dann still. Dann nahm er Holly den Hut vom Kopf und warf ihn auf das Sofa. Als sie eine Grimasse schnitt und mit ihrem Kopf den seinen leicht berührte, grinste er blöde. Ich sagte: »Okay, Mr. Lippert, verschwinden Sie.«

»Reden Sie etwa mit mir. Sie Würstchen?«

»Hauen Sie ab, raus!«

»Hören Sie mal. Sie dämliche Witzfigur Sie ...«

Er sprang auf und kam auf mich zu, blieb aber unterwegs stehen und riß sich die Jacke herunter, wahrscheinlich, um mir zu beweisen, daß mit ihm nicht zu spaßen sei. Holly redete aufgeregt dazwischen mit einer seltsam hohen, unnatürlichen Stimme. Ich sagte nichts, ich konnte nicht, da die Hämmer in meinem Kopf wieder zu dröhnen begannen, wie immer, wenn ich es am wenigsten brauchen konnte. Der Kerl legte seine Jacke sorgfältig auf das Telefontischchen und kam dann mit vom Körper abgewinkelten Ellbogen auf mich zu getanzt. Er sagte: »Ich bin nicht schuld dran, wenn's gleich kracht. Aber wenn Sie unbedingt mit mir Streit anfangen wollen ...«

Er holte zu einem lächerlichen linken Haken aus wie all die Angeber, die sich dauernd in Bars herumprügeln. Ich holte ebenfalls aus, doch der Kerl landete nicht genau da, wo ich ihn für mein Leben gern hinplaciert hätte, nämlich vor Hollys Füßen, sondern fiel einfach in sich zusammen wie ein nasser Sack, zuckte ein paarmal mit den Beinen wie ein Hund, wenn er träumt, und lag dann still. Ich wandte mich zu Holly um, aber sie kam schon auf mich zu. Sie zischte: »Du hast anscheinend doch genug davon, wenn du es brauchst.«

»Wovon, du Luder?«

»Adrenalin!«

»Für dich reicht's jedenfalls noch!«

Die Hämmer zerschmetterten mir fast den Schädel, und ich hätte sie windelweich geschlagen, wenn sie nicht vor mich hingetreten wäre und mit zurückgelegtem Kopf meinen Mund angesehen und gefragt hätte: »Du hast ihn meinetwegen niedergeschlagen, nicht wahr?«

Ich brach ihr fast die Knochen, als ich sie an mich riß, und endlich küßten wir uns zum erstenmal, heißer und glühender, als wir es uns je erträumt hatten. Sie sagte: »Wie konntest du nur? Du wolltest weggehen und mich hier allein lassen!«

»So war es doch gar nicht. Verdammt, hör jetzt auf, davon zu reden!«

»Tu das nie mehr ... hörst du ... *nie mehr!*«

Sie schmiegte sich noch enger an mich. Dann stieß sie leicht mit der Fußspitze an das auf dem Boden schlummernde ›Dornröschen‹ und fragte: »Oh, was machen wir jetzt nur, Duke? Was sollen wir tun?«

Ich kniete mich neben dem Kerl nieder, tastete nach seinem Puls und fand ihn endlich, ziemlich schwach und unregelmäßig. Ich sagte: »Er lebt noch ... vorläufig jedenfalls. Ich rufe die Polizei an ... sollen die sich doch um ihn kümmern.«

Ich wollte zum Telefon gehen, aber Holly hielt mich am Arm fest. »Noch nicht, Duke, noch nicht gleich! Es muß noch einen anderen Weg geben, es wird uns bestimmt was einfallen!«

»Hör mal, *vorläufig* lebt er noch, hab' ich gesagt. Aber ...«

»Komm hier rein. Nur einen Augenblick – bitte!«

Sie faßte mich bei der Hand, führte mich in ihr Schlafzimmer, drückte mich auf das Bett nieder und hockte sich vor mich. Sie fing an zu weinen und schluchzte: »Ich habe alles verdorben. Und ich hatte mir alles so schön vorgestellt ... wie er mit blutiggeschlagener Nase Hals über Kopf wegrennen würde oder so ähnlich. Und ich hätte nur mit den Fingern geschnippt, und du wärst vor mir auf die Knie gefallen, und ... und ...«

»Und statt dessen ...«

»Ich weiß.«

Sie fiel vor mir auf die Knie, legte den Kopf an mein Herz und murmelte, sie wäre eine furchtbare Närrin, sie wüßte es ja selbst. Ich nahm sie in die Arme, vergrub mein Gesicht in ihr Haar und küßte sie auf den Nacken. Immer wieder sagte sie, sie hätte geglaubt, ich wollte sie verlassen, fing wieder an zu weinen und schluchzte:

»Ich könnte es nicht ertragen, ich kann nicht, ich kann nicht! Ich mußte dich dazu bringen, dich dazu *zwingen*, mich zu nehmen, mich festzuhalten, mich zu lieben. Du liebst mich doch, nicht wahr?«

»Hab' ich dir das denn nicht längst gesagt?«

»Sag's mir jetzt!«

»Ich liebe dich, das weißt du doch, nun hör auf zu weinen. Sag mal, weißt du denn wirklich nicht, was uns den Weg versperrt, worauf es einzig und allein ankommt? Weißt du immer noch nicht, weshalb ich dich gefragt habe, wann ich entlassen würde?«

»Sag's mir, Duke.«

Ich erklärte ihr die Sache mit dem Geständnis und versuchte, mich möglichst kurz zu fassen, um nicht zu viel Zeit zu verlieren. Aber ich hatte kaum angefangen, als sie mich auch schon unterbrach. Sie sprang hoch und rief: »Also damit hat er dich in der Hand! Deshalb kann er dich mit ins *Ladyship* nehmen, jeden Tag, im Winter! Dich zwingen, den Aushilfskellner zu spielen, wie er sagt, und diese gräßliche weiße Jacke anzuziehen. Und dann, im Frühjahr ...«

»Soll's hier wieder losgehen.«

»Und das wäre schrecklich für dich.«

»Ich hab' versucht, es dir zu erklären.«

»Ich konnte an überhaupt nichts anderes mehr denken, Duke, als was ich tun würde ... wenn er jemals die Wahrheit über uns herausbekäme und versuchen würde, dir etwas anzutun. Ich habe schreckliche Gedanken mit mir herumgeschleppt.«

»Hast du das mit dem Geständnis begriffen?«

»Ja, Duke, endlich.«

»Marge sagt, du sollst es von ihm zurückverlangen.«

»Wenn das doch nur möglich wäre!«

»Laß dir's mal durch den Kopf gehen. Und in der Zwischenzeit ...«

Ich streckte die Hand nach dem Telefon aus, das neben ihrem Bett auf dem Nachttisch stand, aber wieder hielt sie meine Hand fest. Ich sagte: »Der Bursche da draußen ist ziemlich übel zugerichtet.«

»Wir sind doch erst seit vier Minuten hier.«

Sie wies auf den elektrischen Wecker auf dem Nachttischchen, und ich entgegnete: »Zum Sterben braucht man nur eine Sekunde. Nicht mal so lange, wenn ich's mir recht überlege.«

Doch sie klammerte sich an mich, zwei Minuten lang sprach keiner von uns. Dann sprang sie plötzlich auf und rief: »Es war doch kein Fehler! Es war gar nicht so dumm! Den Blödian hierherzuschleppen und hier zusammenzuschlagen! Es war genau das richtige!« Sie packte mich an den Schultern. »Was Besseres hätte mir gar nicht einfallen können! Verstehst du denn nicht, Duke? Du hast ihn nicht meinetwegen niedergeschlagen, sondern Val zuliebe! Aus Wut, daß in Vals Haus so was passiert! Um seine Ehre zu retten ... dann kann Val dich gar nicht verdächtigen! Er weiß, daß es irgendeinen Mann in meinem Leben geben muß, aber auf dich ist er noch nicht gekommen. Und wenn wir nur noch ein bißchen Zeit haben, krieg' ich das Geständnis von ihm, Duke! Ich beschaffe es dir, ich weiß auch schon wie! Heute abend noch. Und wenn alles gutgeht, wenn du tust, was ich dir sage, wird alles in Ordnung kommen, genauso, wie wir es wollen. Und dann ... was dann?«

»Immer eins nach dem anderen, Holly!«

»Kriegst du etwa schon wieder kalte Füße?«

»Nein, aber ich habe Lehrgeld bezahlt.«

»Also, wohin gehen wir, Liebling?«

»Was gegen Nevada einzuwenden?«

»Nein. Oh, mit tausend Freuden!«

Holly regelte alles bestens – die Polizei, der Krankenwagen und Val, alle kamen zusammen an, und Wagen auf Wagen rollte die Einfahrt hoch. Lippert war immer noch bewußtlos, und ich arbeitete mit Eis und Salmiakgeist an ihm herum, einerseits, um einen möglichst guten Eindruck zu machen, und andererseits aus tatsächlicher Besorgnis, da ich seinen Puls nicht mehr fühlte. Gott sei Dank fing er an zu stöhnen, als sie ihn schließlich auf einer Trage wegbrachten.

Sobald der Krankenwagen abgefahren war, wollte sich der Sergeant auf mich stürzen, aber Val mischte sich sofort ein. Er brüllte den Sergeant an, ich hätte schließlich nur seine Frau beschützt, und seit wann das eine strafbare Handlung sei. An Lippert ließ er kein gutes Haar; er behauptete, er sei ein Gangster und vorbestraft wegen Meineids, Steuerhinterziehung und allen möglichen Dingen. Der Sergeant dachte kurz nach und sagte schließlich, ich sollte mich auf der Farm zur Verfügung halten, bis die Polizei Genaueres über Lipperts Zustand wüßte.

Freundlich lächelnd begleitete Val daraufhin den Polizisten zu seinem Wagen.

Aber er kam wie ein Tiger zurück, kreidebleich und wutschnaubend. Holly saß wie üblich auf dem Sofa, der kleine rote Hut lag immer noch da, wo Lippert ihn hingelegt hatte. Sie stocherte mit dem Feuerhaken in dem hellodernden Feuer herum. Val stürzte auf sie zu und riß ihr den Haken aus der Hand. Ich trat schnell neben sie, da ich dachte, er wolle ihr den Schädel einschlagen, aber er nickte mir nur zu, als er mich sah, und legte den Feuerhaken wieder hin, während sie ihn die ganze Zeit über herausfordernd anstarrte. Die Blicke der beiden bohrten sich ineinander, und plötzlich brach es aus ihm heraus: »Holly, wie konntest du nur! In deinem eigenen Haus! Im Haus deiner Familie! In deinem Wagen! Den ich dir geschenkt habe! Einen Gangster hierher mitzuschleppen!«

»Ach, Solly ist doch ganz niedlich!«

»Holly, hast du den Verstand verloren?«

»Aber ich kenne Solly doch schon ewig! Er ruft mich immer an, wir sind eben alte Freunde. Und er verkauft den Bourbon so billig. Also Val, das mußt du dir unbedingt ansehen, hier, diese Reklame.«

Val nickte sarkastisch, raffte die ganzen Zeitschriften zusammen und warf sie ins Feuer. Sie sah ihn erstaunt an und rief: »Aber Val, ich glaube, *du* hast den Verstand verloren! Ach Quatsch, reden wir nicht mehr davon.«

»Nicht mehr davon reden? Nicht mehr davon *reden!* Meine Frau führt sich derart unmöglich auf, daß Duke eingreifen muß, und ich soll nicht mal davon reden!«

»Der große Duke!«

»Den ich hiermit um Entschuldigung bitte!«

»Wofür eigentlich, Val, wenn ich fragen darf?«

»Dafür, daß ich ihn ungerechterweise verdächtigt habe. Ich wußte, daß ein Mann dahintersteckt und habe weiß Gott

Duke verdächtigt. Dafür bitte ich ihn um Entschuldigung! Und außerdem dafür, daß meine Frau ihn in diese Situation hineinmanövriert hat. Weißt du, was Lippert gegen ihn unternimmt, wenn er aus dem Krankenhaus raus ist?«

An ihren Augen sah ich, daß sie momentan erschrak, aber sie faßte sich gleich wieder, lachte verächtlich und erwiderte: »Ich wüßte nicht, was mir gleichgültiger wäre, Val.«

»Das überrascht mich nicht, Holly.«

»Langsam geht Duke mir auf die Nerven.«

»Er hat dir geholfen, hat deine Launen hingenommen ...«

»Val, ich hab' dir damals schon gesagt, als du mich in St. Mary anriefst, daß ich nichts mit ihm zu tun haben will, nichts, verstehst du mich? Ich sag's dir hiermit zum zweitenmal, jetzt, wo er sich unterstanden hat, sich in meine Angelegenheiten einzumischen ... schick ihn weg!«

»Ich seh keine Veranlassung dazu.«

»Gut, dann bist du *mich* eben los!«

»Ich lasse mir von dir keine Vorschriften ...«

Sie schrie auf, sprang auf ihn zu und zerkratzte ihm das Gesicht mit den Fingernägeln. Dann rannte sie in die Küche und kam mit dem langen Stahlmesser zurück, das er immer benutzte, um den Braten aufzuschneiden. Sie stürzte mit dem Messer in der Hand auf ihn zu, und ich faßte sie von hinten, hielt sie fest und sagte ihm, er solle ihr das Messer abnehmen. Sie ließ es fallen, und er hob es auf und brachte es wieder in die Küche, während sie mir zuflüsterte: »Da hast du deine Chance, Duke! Biete ihm an, von hier wegzugehen! Sag ihm, du verschwindest, wenn er dir das Geständnis zurückgibt, aber nur dann!«

Als er ins Zimmer zurückkam, saß sie am Telefontischchen. Er sagte: »Nochmals vielen Dank, Duke.«

»Sir, ich glaube, ich sollte lieber hier weggehen«, erwiderte ich.

»Das habe *ich* zu entscheiden.«

»Ich wußte nicht, daß Mrs. Val mich nicht hier haben will, aber jetzt kann ich wirklich nicht länger bleiben. Allerdings sind mir auf gewisse Art die Hände gebunden, Sir. Durch das Geständnis, das ich bei Mr. Daniel unterschrieben habe.«

»Das hat keinerlei Bedeutung mehr.«

»Darf ich fragen, wieso?«

»Duke, genügt Ihnen mein Wort nicht?«

»Sir, solange sich dieses Dokument in fremden Händen befindet ...«

Holly sprang auf und schrie: »Warum sagst du ihm nicht die Wahrheit? Daß Daniel das Geständnis gar nicht mehr hat? Daß du es längst an dich gebracht hast? Daß Daniel es an dich verschachert hat, um dieses Flittchen vor dem Gefängnis zu bewahren, die das Geld gestohlen hat und ...«

»Woher weißt du davon?«

»Ich weiß es von Bill ... und der weiß genau Bescheid!«

Sie standen sich keuchend gegenüber, aber er war fertig, das konnte man sehen. Sie zeigte mit dem Daumen auf sein Büro und sagte: »Los, schließ deinen Schreibtisch auf, Val! Hol das Geständnis und gib's ihm. Wenn Duke nicht geht, brauchst du mit deiner Frau nicht mehr zu rechnen – die streikt nämlich dann!«

Er ließ sich auf einen Stuhl fallen, wischte sich mit dem Taschentuch die Lippen ab und sagte dann leise und besänftigend: »Das Geständnis befindet sich nicht in meinem Schreibtisch, sondern in meinem Banksafe, Holly. Und du wirst doch einsehen, daß man um fünf Uhr nachmittags nicht gut zur Bank gehen und verlangen kann, daß der Safe geöffnet wird. Beim besten Willen nicht, Holly.«

»Dann eben morgen.«

»Morgen werden wir weitersehen.«

»Darauf kannst du dich verlassen! Denn wenn Duke morgen nicht verschwindet, verschwinde ich. Oder du verschwindest hier, Val. Denn trotz all deiner klug eingefädelten Machenschaften, gehört die Farm immer noch mir! Und bilde dir nur nicht ein, ich wäre zu nett oder zu blöde oder hätte zuviel Angst, dich vor die Tür zu setzen. Val – Duke – geht!«

Sie griff nach ihrem Hut und setzte ihn auf. Val fiel die Kinnlade herunter, und ich wäre am liebsten bis zur Decke gesprungen, denn so sehr mir das ganze Theater gegen den Strich ging, so sehr bewunderte ich die Art, wie sie ihn in die Ecke getrieben und festgenagelt hatte. Am liebsten hätte ich sie gepackt und geküßt, als sie an mir vorbeistampfte, in ihren Wagen stieg, der immer noch vor dem Haus parkte, und auf die Bundesstraße 5 davonbrauste.

Val sah ihr nach, ließ sich auf das Sofa fallen und kniff nachdenklich die Augen zusammen. Dann stand er auf, nahm wortlos seinen Hut und seinen Mantel, die er auf einen Stuhl neben der Tür geworfen hatte, ging zu seinem Wagen und fuhr hinter ihr her in Richtung Maryland. Trotz allem, was er gesagt hatte, fühlte ich ungewiß, daß er etwas vorhatte, von dem weder sie noch ich etwas wußte, etwas, das nur er allein wissen konnte.

14

Mein erster Gedanke war natürlich, in Waldorf anzurufen und Bill zu informieren, aber er war nicht da; also erzählte ich Marge, was vorgefallen war. Nachdem sie eingehängt hatte, blieb ich im Dunkeln neben dem Telefon sitzen und wartete. Endlich, nach langer Zeit, klingelte das Telefon, und mein Herz fing wie rasend an zu klopfen, als Holly sich meldete. Sie sagte: »Liebling, ich war im Krankenhaus, ich mußte einfach hingehen – zu Lippert, meine ich. Ich hatte ja keine Ahnung, daß er ein Gangster ist, bis Val es vorhin sagte, sonst hätte ich die Geschichte doch nicht angezettelt. Ich stand neben seinem Bett, als er wieder zu sich kam, und er hat mir versprochen, daß er dich nicht belästigen wird, wie er sich ausdrückte.«

»Wieso ist er denn plötzlich so liebenswürdig?«

»Er war nicht liebenswürdig. Er war kalt wie eine Hundeschnauze. Aber ich hab' die ganze Schuld auf mich genommen. Ich hab' ihm gesagt, du hättest dir eingebildet, Vals Ehre verteidigen zu müssen. Ach, ich weiß wirklich nicht mehr, was ich alles geredet habe ... alles mögliche. Aber er hat's versprochen. Er war keineswegs liebenswürdig, aber er hat mir in die Hand versprochen, er würde dir nichts antun. Nur deshalb bin ich zu ihm gegangen, und jetzt – wenn du nichts dagegen hast – möchte ich nichts mehr von der ganzen Geschichte hören.«

»Weißt du zufällig, wo Val ist?«

»Keine Ahnung.«

»Ist Marge da?«

»Ja, und Bill auch.«

»Kann ich sie noch mal kurz sprechen?«

Ich sagte Marge, sie möchte auf Holly aufpassen, »damit sie nicht noch mehr Unsinn macht.« Marge lachte und erwiderte: »Keine Angst, Duke, das kriegen wir schon hin!« Da konnte ich endlich in mein Bett gehen.

Ich versuchte zu schlafen, aber ich wälzte mich ruhelos im Bett hin und her. Gegen Mitternacht fing es an zu regnen, ein leichter Nieselregen, der erste seit über zwei Monaten. Gegen zwei hörte ich Vals Wagen kommen, das Licht seiner Scheinwerfer schwenkte über den Hof. Er parkte den Wagen in der Garage, stampfte an der Hütte vorbei ins Haus und warf krachend die Tür hinter sich ins Schloß.

Als ich am Morgen aufstand, war er schon in der Küche. Schweigend frühstückten wir zusammen, dann holte ich seinen Wagen aus der Garage und beobachtete Vals Miene, als er einstieg. Sein Gesicht war jedoch völlig ausdruckslos; mit einem leeren Blick starrte er hinaus auf die Felder und sagte schließlich: »Duke, das Geständnis bring ich heute abend mit.«

»Dafür wäre ich Ihnen wirklich sehr dankbar, Sir.«

»Tut mir leid, daß die Dinge sich so entwickelt haben.«

»Na ja, die Arbeit ist ja größtenteils getan für dieses Jahr.«

»Bis später also, Duke.«

Ich ging in mein Zimmer zurück, setzte mich aufs Bett und fing an zu grübeln. Ich hatte Angst vor ihm, Angst, daß er vielleicht sein Wort nicht halten würde, Angst, er könnte die Wahrheit über Holly und mich doch noch erfahren. Gegen neun Uhr hörte ich Schritte draußen, meine Tür schob sich langsam auf, und dann war sie auf einmal in meinen Armen; meine Hände wühlten in ihrem Haar, und meine Lippen preßten sich auf ihren Mund. Ich sagte: »Wir spielen mit dem Feuer, aber was macht das schon? Zum Teufel mit ihm, zum Teufel mit dem ganzen Kram!«

»Ich beobachte das Haus schon seit Tagesanbruch – er ist zur Stadt gefahren. Ich hab' meinen Wagen in einem Seitenweg geparkt und bin hintenherum gekommen. Ich brauche ein paar Sachen zum Anziehen.«

»Er wird das Geständnis heute abend mitbringen.«

Wir gingen ins Haus, und sie sagte, sie wolle sich umziehen und ihre Sachen packen, und ich setzte mich auf das kleine Sofa und wartete. Plötzlich rief sie:

»Kein Mensch hat von dir verlangt, daß du da draußen bleibst und mit dem Schicksal haderst!«

»Wer hadert denn hier?«

»Vielleicht brauche ich Hilfe.«

»Wenn du deine Koffer gepackt hast, kannst du ja rufen.«

»Hör mal, Mister, dir scheint was entgangen zu sein! Du hast mich von meinem Fett befreit und mir praktisch das Leben neu geschenkt ... also gehör' ich dir, mit Haut und Haaren. Aber trotzdem habe auch *ich* gewisse Rechte. Du vergißt wohl, daß auch mir einiges zusteht ... Dinge, die ich vielleicht gern tun möchte.«

»Zum Beispiel?«

»Mich dir zeigen.«

»Ich kann dich doch von hier aus sehen.«

»Aber nicht ganz.«

»Mir genügt's.«

»Vielleicht wäre ich aus der Nähe gesehen hübscher.«

»Bestimmt sogar. Du wärst rosiger, infolgedessen natürlich hübscher. Aber die Tracht Prügel, die diese rosige Hautfarbe hervorrufen würde, wenn Val plötzlich erschiene, wäre vielleicht nicht so angenehm. Nun mach keine Dummheiten und beeil dich gefälligst ein bißchen.«

Als sie herauskam, trug sie Hosen und einen hellen Mantel. Sie schleppte zwei Koffer, und ich sprang auf und nahm sie ihr ab. Wir gingen durch den Hof zu ihrem Wagen. Plötzlich blieb sie stehen, blickte zu dem Wasserreservoir hinüber und sagte: »So, Duke, jetzt will ich dir auch sagen, was alles in meinem Kopf vorgegangen ist. Ich hatte große Angst, nicht um mich selbst, sondern um einen Menschen, den ich sehr liebe. Einen Menschen, der mir das Leben neu geschenkt hat, Gesundheit, Hoffnung – alles.«

»Los, komm schon, wir können im Wagen weiterreden.«

»Nein, wir reden hier!«

Sie nahm mir die Koffer ab und setzte sie nieder. Dann fuhr sie fort: »Ich hatte das Gefühl, dieser Mensch befände sich in Gefahr. Oder könnte in Gefahr geraten, wenn uns die Dinge über den Kopf wachsen würden. Siehst du diesen Wassertank da? Siehst du, wie hoch die Leiter ist? Ich hatte vor, wenn nötig, diesen Wassertank zu benutzen. Ich hatte mir das ungefähr so vorgestellt ... Da die Pumpe nicht funktioniert, müßte das Wasser nachgemessen werden, während du dich zum Abendessen umziehst. Nicht von mir, von Val. Ich würde dabeistehen und zusehen. Aber ich bin ja jetzt gelenkig, ich kann klettern. Ich wäre hinaufgeklettert, wenn's nötig gewesen wäre. Was ich außerdem gemacht hätte, möchte ich lieber nicht aussprechen.«

»Das mit dem Tank kommt nicht in Frage.«

»Hast du nicht gehört, was ich gesagt habe?«

»Holly, wir werden uns die Hände nicht schmutzig machen!«

Wir setzten uns in ihren Wagen, den sie auf dem kleinen Hügel hinter der Farm in einem Dickicht geparkt hatte. Der Himmel war bewölkt und grau, und es war kühl und feucht und roch nach Herbst. Wir hielten uns bei den Händen und waren glücklich. Dann erklärte sie, sie müsse jetzt fahren, ich sollte sie sofort anrufen, wenn ich das Geständnis zurückhätte, dann wären wir endlich frei. Sie sagte noch, sie würde mich in Clinton oder sonst irgendwo abholen kommen, und dann würden wir weiterfahren und singen. Sie sagte, wir würden zusammen ins Kino gehen. Sie sagte, wir würden anhalten, zu den Sternen aufschauen und beten.

15

Ich ging ins Haus zurück, wärmte mir ein Fertiggericht auf und ging dann hinaus, um die Pumpe anzustellen, allerdings nur kurz, da es nur wenig geregnet und sich wahrscheinlich noch nicht viel Wasser angesammelt hatte. Dann kletterte ich die Leiter hoch, um nachzumessen, und dachte über das nach, was Holly gesagt hatte.

Als Homer kam, fuhr ich mit ihm zu den Spinatfeldern hinaus, schnitt den restlichen Spinat und half ihm, die Kisten zu verladen. Ich erklärte ihm, das sei alles, er brauche nicht mehr zu kommen, da ich vorhätte, wegzugehen, und ich gab ihm zum Abschied die Hand. Als er fort war, holte ich die Egge aus dem Geräteschuppen, reparierte sie, so gut ich konnte, und rollte sie wieder zurück in den Schuppen. Es wurde langsam dunkel! Endlich konnte ich meine Arbeitskleidung ausziehen, zu den anderen Sachen in den Koffer packen und mich anständig anziehen. Jetzt wartete ich nur noch auf den Moment, wo ich – wie ich hoffte – für immer die Farm verlassen konnte. Ich hatte mich gerade fertig gekämmt, als ich draußen Scheinwerfer aufleuchten sah, und im selben Augenblick war auch schon Val da.

Ich brachte seinen Wagen in die Garage, ging ins Haus zurück, klopfte an die Wohnzimmertür und ging hinein. Er hatte Licht gemacht und saß auf dem Sofa; den Kopf in die Hand gestützt, starrte er vor sich hin. Ich sah daran nichts Ungewöhnliches, da er nach allem, was sich in den letzten Tagen zugetragen hatte, allen Grund hatte, deprimiert zu sein, und setzte mich auf meinen Platz auf dem kleinen Sofa – zum letzten Mal, wie ich hoffte. Ich dachte, er würde anfangen zu reden, wurde aber plötzlich nervös, als ich sah, daß er mich durch die Finger seiner Hand beobachtete. Dann hörte ich mich schließlich fragen: »Mr. Val, haben Sie mir das Geständnis mitgebracht?«

Er stand auf und ging in das große Eßzimmer hinüber, das nie benutzt wurde, und von da aus in sein Büro. Als er zurückkam, hatte er einen Briefumschlag in der Hand. Er gab ihn mir, mein Name stand darauf, *Duke Webster,* mit Tinte geschrieben in einer kleinen Handschrift, die ich nicht kannte. In dem unverschlossenen Umschlag war, Gott sei Dank, endlich das Ding, das mich im Traum verfolgt hatte: ein in Briefform an Daniel gerichtetes, maschinengeschriebenes Geständnis auf einem vorgedruckten Briefbogen der Bezirkspolizei. Ich muß ein ziemlich dummes Gesicht gemacht haben, denn die untere Ecke, wo ich mit meinem Namen unterschrieben hatte, war abgerissen. Val sagte schnell: »Das war ich, Duke, ich hatte meine Gründe.«

»Natürlich, Mr. Val, es ist schon gut. Im ersten Augenblick war ich ein bißchen verduzt. Aber ich bin Ihnen wirklich sehr dankbar … wirklich!«

»Das war ich Ihnen doch schuldig!«

»Wieso? Das versteh' ich nicht ganz.«

»Duke, ich hatte mir etwas vorgenommen, was mich unter Umständen mit der Polizei in Konflikt gebracht hätte. Ich rechnete also mit einer Haussuchung und wollte nichts herumliegen lassen, was Sie betrifft. Also tat ich das, was Geschäftsleute gewöhnlich tun, wenn sie mit Schwierigkeiten rechnen, ich riß die Unterschrift ab. Kein Mensch hätte Ihnen also etwas nachweisen können, da ich mir das Geständnis von Daniel habe aushändigen lassen, ehe er Gelegenheit hatte, Fotokopien davon anzufertigen. Es existiert nur ein Exemplar, und das haben Sie jetzt. Ist damit alles erklärt?«

»Eigentlich nicht ganz, Sir.«

»Was beunruhigt Sie denn noch?«

»Weshalb sollte die Polizei hier eine Haussuchung machen?«

»Meinen Sie, daß das Sie etwas angeht?«

»Ich weiß nicht, Sir, aber es könnte doch sein. Ich hab' das Geständnis zurück und bin Ihnen ja auch sehr dankbar. Aber bitte, nehmen Sie es mir nicht übel, wenn ich das sage … ich finde das Ganze trotzdem ziemlich merkwürdig.«

»Ich hatte vor, jemand umzubringen.«

»Wen, Mr. Val?«

»Das geht Sie nichts an.«

Seine Augen nahmen wieder jenen harten Glanz an, aber ich hatte ja, was ich wollte, ließ mich also nicht davon beeindrucken. Ich sagte: »Es geht mich sehr viel an. Also reden Sie, Mr. Val – wen wollten Sie umbringen?«

Er antwortete nicht, sondern zog ruckartig die rechte Hand aus der Tasche. Sie hielt eine Pistole, eine Automatik, deren Mündung direkt auf mich zeigte. Er befahl: »Verbrennen Sie das Geständnis, Duke, damit Sie wieder ruhig schlafen können. Ich will es so.«

Ich zerriß das Stück Papier und den Briefumschlag, legte es in den kupfernen Aschenbecher und zündete die Fetzen an. Das Streichholz zitterte in meiner Hand, vielleicht aus Angst, wahrscheinlich aber aus Erleichterung darüber, daß das kompromittierende Dokument endlich vernichtet war.

Val starrte in die Flamme und sagte: »Vielleicht kann ich es Ihnen erklären, wieso die Sache auch Sie betrifft.«

Eine Zeitlang stierte er schweigend vor sich hin, dann fuhr er fort: »Ich bin gestern abend von hier aus geradewegs nach Cheverly gefahren, Duke, ins Krankenhaus. Ich wollte mit den Polizisten reden. Ihretwegen, Duke; die Burschen sollten wissen, daß ich mich vor Sie stellen würde in der Angelegenheit mit Lippert, und daß sie es also mit mir zu tun kriegten, wenn sie Ihnen was anhängen wollten. Ich habe ziemlichen Einfluß in diesem Land, müssen Sie wissen. Das waren meine Absichten, als ich vor dem Krankenhaus auf den Parkplatz fuhr. Können Sie sich meine Gefühle vorstellen, als ich dort den Wagen meiner Frau vorfand?«

Ich hatte schon den Mund geöffnet, um ihm zu sagen, weshalb sie dorthin gefahren war, machte ihn aber schnell wieder zu. Die Tatsache, daß ich den Grund kannte und er nicht, hätte alles nur noch schlimmer gemacht. Also hielt ich den Mund, ließ statt dessen keinen Moment die Pistole aus den Augen und wartete. Fast schluchzend fuhr er fort: »Ich fuhr stundenlang im Regen herum, nach Annapolis. Nach Solomons. Nach La Plata. Weiß Gott wohin. Um die Qual in meinem Herzen loszuwerden. Vergebens. *Vergebens!*«

Er gab sich nicht einmal mehr Mühe, die Tränen in seinen Augen zu verbergen, sondern holte mit der linken Hand ein Taschentuch aus seiner rechten Hosentasche und trocknete sich damit die Augen. Dann erzählte er mir, wie er nach Hause gekommen sei und was sich am nächsten Morgen abgespielt habe.

Er sagte: »Ich fuhr zur Bank, holte das Geständnis aus meinem Safe, kam hierher zurück und wollte es Ihnen sofort geben. Ich rief nach Ihnen, aber Sie waren nicht da, also ging ich zum Schreibtisch, um einen Briefumschlag zu holen; ich wollte das Geständnis in Ihr Zimmer legen. Und da sah ich auf einmal die Pistole in meiner Schreibtischschublade. Duke, wissen Sie, wem diese Pistole gehört?«

Mir zitterten die Knie, als mir klar wurde, daß er die ganze Zeit über hier gewesen war, während ich händchenhaltend mit Holly im Wagen gesessen hatte; aber endlich brachte ich die Frage zustande: »Ist es meine?«

»Jawohl, es ist Ihre Pistole, Duke. Daniel hat sie Ihnen damals abgenommen, und ich ließ sie mir von ihm zusammen mit dem Geständnis aushändigen an jenem Morgen in Malboro, um Sie restlos abzusichern. Und diese Pistole schien mir etwas sagen zu wollen.«

»Mr. Val, das begreif ich nicht. Wie meinen Sie das?«

»Sie sprach eine deutliche Sprache, diese Pistole, sie rief mir ins Gedächtnis zurück, was ein Mann fertigbringt. Ein ritterlicher Mann, wie ich glaubte. Etwas, was ich nie fertiggebracht hätte, weil mir einfach die Kraft dazu fehlte. Aber diese Pistole würde mir die Kraft verleihen. Mit ihrer Hilfe konnte ich tun, was ich – wie ich tief im Herzen wußte – tun mußte. Ich setzte mich vor den Schreibtisch. Ich überlegte alles ganz genau. Dann riß ich Ihre Unterschrift von dem Geständnis ab. Ich tat das Dokument in den Briefumschlag und legte ihn in meine Schreibtischschublade. Ich nahm die Pistole heraus und fuhr nach Cheverly. Und dann verlor ich die Nerven. Ich fuhr nach Malboro, nach den Burnie, weiß Gott wohin, wie am Abend vorher auch. Dann fuhr ich nach Cheverly zurück.«

Er brach ab, schluchzte gebrochen vor sich hin, starrte die Pistole in seiner Hand an und blieb wie erstarrt sitzen. Ich fragte ihn: »Haben Sie Lippert umgebracht?«

»Nein, Gott sei Dank nicht.«

Vor lauter Selbstmitleid schien er vor meinen Augen zusammenzuschrumpfen, als er schließlich lamentierend fortfuhr: »Ein Gott hatte mich inspiriert, ein Gott, der gar kein Gott war, sondern eine Ratte – Sie, Duke! Es ist schauderhaft ... schauderhaft!« Er hielt mir vor, was er alles für mich getan hätte: »Zu Ihrem Besten, Duke, nur zu Ihrem Besten! Damit Sie wieder auf die Beine kämen. Aus purer Gutmütigkeit!«

»Mir kommen gleich die Tränen!«

Er sprang auf, rannte um den Tisch herum, bohrte mir den Pistolenlauf zwischen die Rippen und sagte, ich solle mich entschuldigen. Ich versetzte ihm einen Kinnhaken, der ihn glatt über den Tisch warf, aber er war nicht bewußtlos. Ich machte einen Satz auf die Pistole zu, aber er war schneller. Er richtete sich an der Wand auf, die Mündung der Pistole wies wieder direkt auf mich. Er schrie, ich solle zurücktreten. Um ihn abzulenken, fragte ich: »Sie haben also Lippert nicht umgebracht ... warum eigentlich nicht?«

»Er hatte eine bessere Idee.«

Das klang nicht besonders erfreulich, und als er befahl, ich solle mich hinsetzen, ging ich zu meinem Platz auf dem Sofa zurück. Er fing an, den Tisch, den Aschenbecher und den Teppich zurechtzurücken, und ich sagte: »So ist's recht. Geschirrboy, laß dir nur Zeit, du Wanze in Menschengestalt!«

»Sie haben also mit Bill über mich gesprochen.«

»Allerdings – und der hat den Kanal voll von Ihnen!«

»Dieser minderwertige, niederträchtige Trunkenbold, der nicht mal seine Hypothek zahlen konnte, bis ich bei der Bank für ihn bürgte. Mich einen Geschirrboy zu nennen, einen Dienstboten ... eine Wanze ...«

»Wenn Sie doch eine sind ...«

Einen schrecklichen Augenblick lang glaubte ich schon, ich hätte es zu sehr auf die Spitze getrieben und bekäme die Antwort in den Gefilden der Seligen irgendwo nachgeliefert. Ich machte schnell den Mund wieder zu; er setzte sich wieder auf das Sofa und trocknete sich die Tränen, aber zuvor brachte er als korrekter Geschirrkellner erst einmal den Tisch in Ordnung. Er sagte: »Auf den Knien hat Lippert mich angefleht in seinem Bett, als er mich sah, mit erhobenen Händen. Ich kam hereingeplatzt, ohne anzuklopfen. Ich hätte, wenn nötig, eine Leibwache von sechs Mann über den Haufen geschossen, um ihn zu erledigen. Er muß es mir angesehen haben, denn er winselte wie ein Hündchen: »Bitte, Mr. Val, nicht! Nicht, tun Sie's nicht, Mr. Val! Ich bin der Falsche – ich schwör's!«

Val sagte, er hätte Lippert keinen Augenblick geglaubt und hätte ihm nur von Dan Sickles erzählt, ›um sein feiges Gesicht zu beobachten und seine Todesangst‹.

Ich fragte: »Wer ist denn das, dieser Dan Sickles?«

»Duke, das weiß hier in Washington doch jeder.«

»Ich bin aber zufällig aus Nevada.«

»Sickles hatte eine Frau. Die Frau nahm sich einen Liebhaber. Sickles erschoß ihn, und das Gericht sprach ihn frei. Ich wollte Lippert damit sagen, daß man auch mich freisprechen würde.«

Er schluchzte wieder und fuhr fort: »Aber Lippert jammerte: ›Es ist ein anderer, Mr. Val. Ihre Frau war doch hier bei mir und hat mich gebeten, ich soll ihm nichts tun!‹ Das konnte nicht gelogen sein; ich hatte ja selbst ihren Wagen vor dem Krankenhaus gesehen. Und trotzdem konnte ich nicht glauben, Duke, daß Sie es sind. Aber dann, Duke, sagte Lippert: ›Ich weiß genau, daß es dieser Bursche ist, Mr. Val, der bei Ihnen auf der Farm arbeitet. Er war einmal der König der Sparring-Partner, er hat im Westen sämtliche Boxer trainiert. Er war derjenige, der diese Abmagerungskur mit ihr durchgeführt hat. Kein anderer hätte das fertiggebracht !‹«

»Dazu könnte ich allerhand sagen.«

»Genieren Sie sich nicht, Duke.«

»Es mag stimmen, daß ich Ihre Frau liebe. Es mag auch stimmen, daß ich sie davor bewahrt habe, an Fettsucht zugrunde zu gehen, was *Sie* allem Anschein nach anstrebten. Aber es stimmt nicht, daß wir etwas getan haben, was wir nicht durften.«

»Das ist eine Lüge, ihr habt es wohl getan!«

Er brüllte, er hätte ihr vertraut, und auch mir hätte er blind vertraut, »und die ganze Zeit über, jeden Tag, hat sie sich da drüben in Ihrem Bett rumgewälzt – in *Ihrem* Bett!«

»Wie können Sie so etwas behaupten!«

»Weil sie in meins nicht mehr reinzuschlagen war, seit Sie hier sind, kein einziges Mal mehr! Sie war krank, sie hatte sich am Stacheldraht verletzt, sie war dies, sie war das, und ich Idiot habe ihr geglaubt!«

Seine Stimme gellte mir in den Ohren wie die Posaunen des Jüngsten Gerichts, und trotzdem war ich glücklich, denn endlich, nach all diesen irren Nächten, in denen die Vorstellung, daß sie da drüben bei ihm liegen würde, mich halb wahnsinnig gemacht hatte, wußte ich nun, daß sie mir die ganze Zeit über treu gewesen war. Val mußte meine Empfindungen geahnt haben, denn er starrte sekundenlang vor sich hin, versuchte immer wieder, mich anzusehen, brachte es aber nicht fertig. Dann befahl er mir, die Hände auf den Tisch zu legen und mit dem Rücken zum Telefon ruhig sitzen zu bleiben. Ich tat, was er forderte, und hörte, wie er den Hörer abhob und Bills Nummer verlangte. Mir wurde übel, als ich hörte, daß die Stimme, die sich meldete, Hollys Stimme war. Er war katzenfreundlich, und ich konnte aus dem Gespräch entnehmen, daß sie allein in Bills Haus war. Er sagte, sie könne jetzt nach Hause kommen, ich hätte meine Sachen gepackt, das Geständnis sei verbrannt und alles in bester Ordnung; ich wollte mich nur noch von ihr verabschieden. Ich wußte, daß sie sich von seiner Freundlichkeit nicht würde täuschen lassen, und nach allem, was sie mir morgens beim Wassertank gesagt hatte, gab es jetzt für sie nur eine einzige Alternative. Und tatsächlich – nach kurzem Überlegen antwortet sie: »Gut, ich komme«, und er war ganz aufgeregt, als er einhing.

Er murmelte: »Also, sie ist unterwegs hierher, aber wir haben noch viel Zeit, alles zu ihrem Willkommen vorzubereiten. Gehen Sie in die Küche, Duke, rückwärts, und – Hände hoch!«

In der Küche knipste er das Licht an und befahl mir, den Wasserhahn über der Spüle aufzudrehen. Nachdem ich das getan hatte, machte er das Licht wieder aus, und wir marschierten zum Sofa zurück, ich immer noch mit erhobenen Händen.

Er sagte: »Es kam mir gleich komisch vor, aber erst, nachdem ich mit Lippert gesprochen hatte, begriff ich, warum Holly absolut darauf bestand, daß ich den Wasserstand im Tank nachprüfen sollte. Dauernd mußte ich dort die Leiter hochklettern und nachmessen. Und mir hat sie weisgemacht, Sie wären stinkfaul und vergäßen ständig, die Pumpe anzustellen. Hat darauf bestanden, daß ich da raufsteige und nachmesse, wenn Sie sich zum Abendessen umzogen! Ich fand das zwar ein bißchen sonderbar, aber erst als ich vorhin nach Hause fuhr, dämmerte mir, was Ihr beide vorhattet, was ihr geplant hattet. Wartet nur, gleich werden wir nachmessen! Selbstverständlich müssen triftige Gründe vorgelegen haben – die Polizei wird Fragen stellen, wenn sie kommt. Der leere Tank wird alles bestens erklären.«

So saßen wir da, ich auf seinem Platz auf dem großen Sofa, und er auf meinem auf dem kleinen Sofa, unverwandt die Pistole auf mich gerichtet. Bis auf das Plätschern des Wassers war es totenstill im Haus.

Nach einiger Zeit meinte er: »Interessantes Geräusch, was? Wie Blut, das im Schlachthof auf den Boden plätschert. Es ist eine Schande, wie das gute Blut verschwendet wird, nur weil man befürchtet, das Vieh könnte vielleicht tuberkulös sein, und man es erst freigibt, wenn der Tierarzt die Lunge untersucht hat. Also wird das Blut einfach den Gully runtergejagt, dabei könnte man erstklassige Bouillonwürfel daraus machen, aber nein – Gesetz ist Gesetz! Andererseits ist es nicht mehr als recht und billig, daß man die menschliche Gesellschaft vor ansteckenden Krankheiten, Tuberkeln und allen möglichen Parasiten schützt.«

»Vor Geschirrkellnern, zum Beispiel? Menschlichen Wanzen?«

»Und vor Knastbrüdern!«

16

Das Geräusch des ununterbrochen in die Spüle plätschernden Wassers machte mich fast verrückt, aber Val zwang mich stillzusitzen, während er fortfuhr, kichernd über Blut zu reden.

Als ich durch das Fenster Hollys Scheinwerfer aufblitzen sah, hatte ich große Dinge vor, brachte jedoch keinen einzigen Laut heraus, der sie hätte warnen können, sondern lehnte mich zurück, faltete die Hände auf den Knien und versuchte, mich möglichst natürlich zu benehmen, als Val mich dazu aufforderte. Alles war so schön gewesen, unberührt und sauber – solange es unser beider, Hollys' und mein Geheimnis war. Aber nun, da er dahintergekommen war, alles ans Licht zerrte und besudelte, blieben mir die Worte im Halse stecken – vor Angst wahrscheinlich, vor allem aber vor Scham darüber, daß ein anderer Mensch unsere geheimsten Empfindungen derart in den Schmutz zog.

Er steckte die rechte Hand mit der Pistole in die Tasche und öffnete Holly mit der linken die Tür. Sie kam sehr vorsichtig herein und blickte rasch von ihm zu mir und wieder zu ihm, als mißtraue sie der trügerischen Ruhe, die über dem Raum lag.

Sie trug noch die gleiche Kleidung wie am Morgen, als wir uns voneinander verabschiedet hatten – lange Hosen, den hellen Mantel und rote Schuhe und Handtasche. Als sie das Wasser plätschern hörte, nahm ihr Gesicht einen argwöhnischen, gespannten Ausdruck an. Im gleichen Augenblick etwa gab der Wasserhahn in der Küche ein gurgelndes Geräusch von sich, fauchte ein paarmal, und das Wasser hörte auf zu fließen – der Tank war leer. Ärgerlich sagte sie: »Na, das ist ja reizend! In dem Augenblick, wo ich den Rücken drehe, läßt du den Tank auslaufen, Val! Hoffentlich bricht kein Feuer aus, und hoffentlich pumpt Duke etwas Wasser in den Tank, ehe er geht. Ich darf dich nochmals daran erinnern, daß der Besitz hier mein Eigentum ist!«

Er ließ sie ungehindert in die Küche gehen. Während sie den Wasserhahn zudrehte, riß er schnell die Haustür auf und warf einen Blick auf ihren Wagen, wahrscheinlich, um sich zu vergewissern, daß Bill nicht etwa mitgekommen war. Als sie zurückkam, marschierte er wieder im Zimmer auf und ab wie vorher, aber sie sah ihn scharf an und ihr Blick heftete sich auf sein Kinn, das an der Stelle, wo ich ihn erwischt hatte, feuerrot angelaufen war.

»Val, was ist denn mit deinem Gesicht passiert?« fragte sie.

»Das war Duke. Er hat mir einen Kinnhaken gegeben.«

»Wieso das denn?«

»Er wollte mir die Pistole abnehmen.«

Er zog die Pistole aus der Tasche und richtete sie auf Holly, aber so, daß die Mündung auch halb auf mich zielte.

»Also, das kann man Duke nun wirklich nicht verübeln, daß er nicht gerade begeistert ist, wenn man ihm eine Pistole unter die Nase hält«, erwiderte sie.

»Es ist *seine* Pistole. Dieselbe alte Pistole.«

»Und du bist derselbe alte Val, wie ich sehe.«

Er ging hoch wie eine Eierhandgranate, stieß einen seiner gellenden Schreie aus und brüllte, er wüßte alles, *alles,* was hinter seinem Rücken hier vor sich gegangen wäre.

Aber sie schrie noch lauter als er: »Du läßt ihn nicht aus den Klauen, was, du Blutsauger, du? Nachdem du versprochen hast, du würdest Duke gehen lassen, mit dem Geständnis, das du Danny Daniel abgehandelt hast. Eine Schande ist dieses Geständnis, erst heute in Waldorf hab' ich übrigens die Einzelheiten darüber erfahren. Du wolltest menschlich handeln, nur ein einziges Mal, aber das schaffst du nicht, wie? Du gibst keinen mehr aus den Klauen, du bist wie eine … eine …«

»Sag's doch ruhig, warum sprichst du's nicht aus? Wanze!«

»Ja, die lassen auch nicht locker, *nie!*«

Sie schrien sich an wie die Kesselflicker, und sie führte sich auf wie eine achtzehnkarätige Schlampe, bis ich mich einmischte und murmelte, sie solle doch aufhören zu schreien. Doch ich erreichte damit nur, daß alles noch schlimmer wurde, und wir uns schließlich alle drei gegenseitig anbrüllten.

Als uns nach einiger Zeit die Luft ausging, fing Val erst richtig an. »Holly«, sagte er, »du wirst mir jetzt die Wahrheit sagen. Ich kenne sie, aber du wirst alles zugeben und dich dazu bekennen, und wenn ich dich halbtot schießen muß, nur damit ich dabeistehen und beobachten kann, wie du dich von dieser Ratte hier verabschiedest. Im Sterben wirst du die Wahrheit sagen, da werde ich sie von dir erfahren!«

»Bist du sicher, daß du die Wahrheit kennst?«

»Und ob ich das bin, Holly!«

»Und du bist auch sicher, daß du sie von mir hören willst?«

»Ich werde dich zwingen, sie auszusprechen.«

»Es könnte schlimmer ausfallen, als du denkst.«

»Das halte ich für ausgeschlossen.«

»Nun, das wird sich ja herausstellen.«

Sie erzählte ihm die ganze Geschichte von dem Tag an, als ich sie unter dem Baum herausgezogen hatte. Sie stieß ihm das Messer ganz langsam ins Herz und drehte es ein paarmal in der Wunde herum. Sie sagte: »Ich hatte mich nicht am Stacheldraht verletzt, wie ich dir weisgemacht habe. Die Verletzungen stammten von dem Baum, den Duke auf dein Geheiß hin ausgraben mußte, und von diesem Tag an gehörte ich ihm.«

Sie ließ die ganze Platte noch einmal ablaufen: die Party, die verstauchten Fußgelenke, die Abmagerungskur und die Fahrt zur Kirche, während Val auf seinem Stuhl neben dem Telefontisch immer mehr zusammenzuschrumpfen schien. Sie erzählte, wie sie Lippert angerufen und warum sie ihn mit nach Hause genommen hätte; sogar ihren Plan mit dem Tank verschwieg sie nicht.

Lächelnd beobachtete sie, wie er sich stöhnend krümmte und wand unter ihren Worten; ihre Augen verengten sich zu langen schmalen Schlitzen. Dann fuhr sie fort:

»Ach, heute morgen übrigens, Val ... ich wollte dir noch erzählen, was sich heute früh hier abgespielt hat ... hier in diesem Zimmer, nachdem du weggefahren warst. Ich packte gerade meine Sachen zusammen, da fiel mir ein, daß ich es ausschließlich Duke verdanke, was ich jetzt bin –, meine gute Figur jedenfalls verdanke ich nur ihm. Ich mußte ihm meine Figur zeigen, es schien mir plötzlich das Wichtigste von der Welt zu sein, daß er mich sieht, ganz ... alles ... Du wolltest ja unbedingt die Wahrheit hören, Val ... jetzt sage ich sie dir! Willst du den Rest auch noch hören?«

Daran zerbrach er. Er schrie auf wie ein verwundetes Tier: »Nein! *Nein!*«

Er sprang auf sie zu. Im gleichen Augenblick sprang ich auf, um ihm einen linken Haken zu verpassen, der allerdings auf Hollys Ellbogen landete, da sie sich ausgerechnet in diesem Moment von ihm losriß. Meine Faust streifte ihn unglücklicherweise nur und glitt an seinem Hals ab, so daß er noch imstande war, abzudrücken. Der Schuß dröhnte durch den Raum; es klang, als hätte einer eine Kanone dicht neben meinem Ohr abgefeuert. Holly schrie auf, verlor das Gleichgewicht und stürzte zu Boden. Das rettete ihr das Leben. Ich half ihr auf, wagte aber nicht, erneut auf Val loszugehen, weil mir klar war, daß er bedenkenlos wieder abdrücken würde, und zwar nicht auf mich, sondern auf sie.

Zum zweitenmal an diesem Tag hatte ich versagt.

Er umkreiste sie lauernd, um sie zwischen sich und mich in die direkte Schußlinie zu bekommen, und dauernd stieß er jene irren Schreie aus, die einem eine Gänsehaut über den Rücken jagten. Er wedelte sich den Pulverrauch aus dem Gesicht und befahl mir, sie an den Armen zu packen und mich mit ihr zusammen mit dem Rücken zur Wand neben die Tür zum Hof zu stellen. Immer noch befand sie sich in der Schußlinie, und ich knuffte sie leicht gegen den Ellbogen, um sie zu warnen, ihn nicht noch mehr zu reizen. Denn mir war klar, daß er sofort wieder auf sie schießen würde, beim kleinsten Anlaß. Als ich mit dem Rücken gegen die Wand stieß, drückte er die Tür auf und sagte, wir sollten hinausgehen. Ich führte Holly die Stufe hinunter bis vor die Küche, wo er uns befahl, stehenzubleiben. Er warf die Tür hinter sich zu und trieb uns schnell vor sich her zum Wassertank. Als wir dort ankamen, zwang er mich, Holly loszulassen und die Leiter hinaufzusteigen. In der Dunkelheit konnte ich die Sprossen nicht sehen; ich mußte mich hinauftasten, aber ich stieg hinauf, ziemlich schnell sogar.

Plötzlich dachte ich: Wenn's zu dunkel ist, die Sprossen zu sehen, ist's auch zum Schießen zu dunkel. Ich blieb stehen und sagte: »Okay, Mr. Val, hier bin ich, etwa halb oben. Ich gehe keinen Zentimeter weiter, wenn Sie Holly nicht sofort loslassen. Wenn ich Ihren Wagen wegfahren sehe, gehe ich weiter, sonst nicht, keinen Schritt!«

»Halt's Maul, Knastbruder!«

Ich bat sie: »Holly, tu, was ich dir sage. Ich liebe dich, und ich hab' keine Lust zu sterben, wirklich nicht. Aber einer von uns beiden muß am Leben bleiben und dafür sorgen, daß dieser wahnsinnige Narr an den Galgen kommt.«

Sie antwortete nicht, und ein paar Sekunden hing ich da und starrte in die Nacht hinauf und versuchte zu begreifen, daß dies meine letzte Nacht auf Erden sein sollte. Dann hörte ich Val flüstern, und ich schrie, er solle endlich Schluß machen. Holly gab einen erstickten Laut von sich, es klang, als weine sie. Ich hörte ihn knurren: »Willst du ihn retten oder nicht?« Dann spürte ich etwas an der Leiter und blickte nach unten, um zu sehen, was es war. Meine Augen hatten sich mittlerweile an die Dunkelheit gewöhnt, und ich sah unter mir einen roten Schimmer. Es mußte das rote Band sein, mit dem sie ihr Haar zurückgebunden hatte; ich beugte mich vor und sah, daß er sie mit der Pistole die Leiter hinaufstieß.

Ich verfluchte ihn, aber um ihr Platz zu machen, mußte ich weiter hochklettern. Er stieß sie hinauf, und wieder mußte ich eine Sprosse höhersteigen und wieder eine und noch eine. Schließlich war ich oben angelangt, und Val rief: »Duke, mach das Abflußventil auf!«

Es öffnete sich leicht, und ich hielt mich am oberen Rand des Tanks fest, zog mich etwas hoch und stützte mich mit einem Bein auf die Rinne, die rings um den Tank lief. Er trieb Holly die Leiter hoch, bis ihr Kopf mein Knie berührte.

Ich fing an, laut zu fluchen, aber Val sagte, ich sollte das Maul halten und lieber ihm zuhören. Ich fragte: »Haben Sie noch nicht genug geredet?«

»Es handelt sich um Sickles, Duke.«

»Um *wen?*«

»Diesen Burschen, von dem ich Ihnen erzählt habe.«

»Ach, lassen Sie mich doch mit dem zufrieden!«

»Nein, nein, es ist wichtig! Sickles hat den Liebhaber seiner Frau umgelegt, und alle Welt feierte ihn. Dann nahm er die Frau wieder in Gnaden auf, und alle Welt spuckte ihm ins Gesicht. Den Fehler mach' ich nicht. Ich könnte ja schwach werden. Ich könnte sie wieder bei mir aufnehmen ... Holly, hast du gehört, was ich gesagt habe?«

»Du? Mich zurücknehmen?«

»Aber vielleicht würdest *du* mich zurücknehmen, Holly?«

»Nach allem, was du mir angetan hast? Nachdem du aus purem Egoismus mein Leben aufs Spiel gesetzt hast?«

Das sekundenlange Schweigen, das nun folgte, verriet mir, daß es hier um etwas ging, was trotz des lauten Streits vorhin noch nicht erwähnt worden war. Er erwiderte plötzlich schnell, irgendwie glattzüngig, wie mir schien: »Holly, es war dumm von mir, ich wußte ja nicht, wozu es führen würde, als ich es von dir verlangte. Holly, meine kleine Holly, wir wollen gemeinsam zusehen, wie dieser Knastbruder krepiert! Wir waschen den ganzen Dreck mit seinem Blut weg und fangen wieder von vorne an, ja?«

»Ist das deine Vorstellung von einem neuen Leben?«

»Es ist die einzige Möglichkeit.«

»Du hast versprochen, du würdest Duke laufen lassen, wenn ich hier raufsteige, und nun versuchst du wieder, dich aus der Affäre zu ziehen, auf ganz gemeine, hinterhältige Weise! Val, kann man dir denn *nie* glauben?«

Ich wußte, er würde sie am Leben lassen, wenn sie nur ja zu allem sagen würde, und ich bat sie, es zu tun, ganz gleich, was er mit mir vorhätte. Aber sie hörte mir überhaupt nicht zu, sondern trat ihn ins Gesicht. Sie schrie: »Val, hör auf, mich mit der Pistole herumzustoßen. Schieß doch endlich, quäl mich nicht länger, mach endlich Schluß!«

Er antwortete nicht, und sie stieß wieder mit dem Fuß nach unten. Ich packte sie mit einer Hand; sie schluchzte und keuchte. Er fing noch einmal mit seinem Gewinsel an, von wegen von vorne anfangen und den neuen Beginn mit meinem Blut besiegeln und so weiter, aber als Holly nicht einmal mehr antwortete, sagte er kalt: »Ich verstehe ... Lippert hatte also doch recht. Sickles hat's falsch gemacht, er hat den Falschen umgelegt. Paß auf, Duke, in ein paar Augenblicken wird sie ausrutschen und hinunterstürzen, und du wirst den Bullen folgendes sagen: Du hast das Wasser laufen lassen in der Küche – was ja auch stimmt. Du wußtest nicht, daß sie den Wasserstand im Tank nachprüfen wollte und hier hinaufgeklettert war. Du warst in der Hütte und kamst gelaufen, als du mich rufen hörtest. Dann haben wir Holly zusammen ins Haus getragen – was wir selbstverständlich auch tun werden. Du ...«

»Und wenn ich es nicht tue?«

»Du wirst es tun, keine Angst! Du wirst alles tun, nur um hier wegzukommen, das habe ich deinen Augen angesehen, als du das Geständnis verbranntest – alles wirst du tun! Und für den Rest meines Lebens nag' ich Nacht für Nacht an deinem Herz, du dreckige Ratte, weil ich weiß, daß sie dir Nacht für Nacht erscheinen wird, diese Frau hier, die du angeblich liebst, und die du hast sterben lassen, ohne ein Wort zu sagen, nur um deine eigene dreckige Haut zu retten. Hübsch, was?«

»Okay, wenn man Ratten mag.«

»Ich liebe Ratten.«

»Klar, Ungeziefer ernährt sich ja auch von Ratten und überträgt dann die Beulenpest.«

Holly kicherte hysterisch, und er tobte: »Nur zu, Holly, lach nur, laß dir nur Zeit! Ich möchte nämlich, daß du begreifst, was für ein Schuft dieser Kerl ist. In den letzten Augenblicken deines Lebens sollst du einsehen, daß er von deinem Grab weggehen wird, ohne auch nur einen Finger zu rühren gegen mich. Lach nur, Holly, lach dich nur aus!«

Wie lange wir so dort hingen und sein Geifern über uns ergehen lassen mußten – eine Minute, ein Jahr oder ein Jahrhundert –, weiß ich nicht, aber es werden schätzungsweise vier oder fünf Sekunden gewesen sein.

Ich hörte Holly flüstern: »Lieber Gott, hab Erbarmen!« Auch Val muß es gehört haben, denn er sagte, es wäre allmählich Zeit, daß sie anfinge zu beten. Ich klammerte mich immer noch mit der rechten Hand an den oberen Rand des Tanks, mit der linken hielt ich Holly unter der Achsel fest. Plötzlich kam mir die Idee, ich könnte versuchen, mit der Linken eine der Sprossen zu erwischen, den Tank loszulassen und mich zwischen sie und ihn fallen zu lassen, wobei ich selbstverständlich – um nicht abzustürzen – gleichzeitig mit den Beinen die Leiter umklammern mußte. Vorsichtig arbeitete sich meine linke Hand unter ihrer Achselhöhle vor, aber nicht vorsichtig genug. Val merkte es, hob die Pistole und sagte, ich solle die Hand hochnehmen. Als ich mich mit der Linken weiter fest an die Sprosse klammerte, zielte er mit der Pistole auf mich. Genau in diesem Augenblick hörte ich tief unten wieder das Glöckchen der kleinen Katze – ping, ping, ping klingelte es silbrig zu uns herauf.

Auch Val hörte es und schrie: »Mach, daß du da wegkommst, du!« und feuerte die Pistole ab, nicht auf mich, sondern nach unten. Der Schuß krachte durch die Nacht, und ich ließ mit der rechten Hand den Tank, an den ich mich gekrallt hatte, los. Wie erwartet sauste ich hinunter, allerdings nicht zwischen Holly und Val auf die Leiter. Statt dessen wurde ich unter der Leiter hindurch zur anderen Seite geschleudert, während meine Linke den Halt an der Sprosse verlor. Verzweifelt griff ich mit der Rechten nach der Leiter, aber ich griff ins Leere.

Um ein Haar.

Für einen Augenblick gelang es mir noch einmal, mich an dem glatten Holz der Leiter festzuhalten. Ich drehte mich um mich selbst, meine Hand glitt über Stoff, und ich packte zu. Instinktiv wußte ich, daß meine Hand ein Hosenbein gepackt hielt, und daß ich nicht loslassen durfte – koste es, was es wolle. Wie eine Spindel drehte ich mich um die eigene Achse, während Val über mir zu stöhnen anfing. Als ich hinunterstürzte, krallte sich meine Hand immer noch in den rauhen Stoff, und das Stöhnen schraubte sich hoch zu einem markerschütternden Schrei. Dann schlossen sich die Vulkane der Hölle über mir, und ihre Flammen fraßen sich in mein Gehirn.

17

»Los, Webster, erleichtern Sie Ihr Gewissen! Vielleicht verhilft Ihnen ein offenes Geständnis zu mildernden Umständen. Vergessen Sie nicht, daß ein Todesurteil in diesem Staat den Galgen bedeutet – hier gibt's keine hübsche kleine Gaskammer. Sie haben Valenty umgebracht, nicht wahr? Und seine Frau hat Ihnen dabei geholfen!«

»Glauben Sie das wirklich?«

»Hören Sie, das glauben wir nicht nur, wir *wissen* es!«

»Die bloße Vorstellung jagt mir eine Gänsehaut über den Rücken.«

»Seine Frau hat ihn veranlaßt, die Leiter hochzusteigen – das ist bewiesen. Sie sind ihm gefolgt – auch dafür haben wir Beweise. Sie haben ihn mit der Pistole in der Hand gezwungen, hinunterzuspringen – auch das ist erwiesen. Und er hat Sie im Fallen mitgerissen, das können wir beweisen. Nun gestehen Sie endlich, dann werden wir versuchen, mildernde Umstände für Sie herauszuschlagen. Beharren Sie aber auf Ihrer jetzigen verstockten Haltung – baumeln Sie! Und Mrs. Valenty auch. Wenigstens auf sie sollten Sie Rücksicht nehmen.«

»Leute, ich habe alles gehört, was ihr gesagt habt. Ich weiß, daß irgend jemand tot ist, und daß irgendeine Puppe in Schwierigkeiten steckt. Aber ich weiß nur, was ich euch schon mal gesagt habe: Ich habe Pabby Ramos niedergeschlagen. Ich bin abgehauen aus Ojai. In Ventura bin ich auf einen Laster gesprungen, eingenickt und runtergefallen. Aber das ist auch alles, an was ich mich erinnere, und das hat sich im Osten von Yuma abgespielt. Ihr behauptet, wir wären hier in Maryland, und habt mir alles mögliche Zeug vorgelegt, um es mir zu beweisen, Zeitungen und so weiter. Trotzdem behaupte ich immer noch, daß wir in Arizona sind, und ich weigere mich, zurückzugehen. Wenn ihr mich nach Kalifornien abschieben wollt, müßt ihr mich eben ausweisen. Ich rate diesem Herrn, sich an den Gouverneur zu wenden.«

»Sie verdammter Lügner!«

Ich befand mich im Korridor des Gerichtsgebäudes in Malboro, wenige Minuten vor Beginn der Verhandlung. Man hatte mich auf einer Trage im Krankenwagen vom Hospital in Cheverly hierhertransportiert; Polizisten hatten mich hereingetragen. »Dieser Herr« war ein Rechtsanwalt, den Holly für mich engagiert hatte, ein grauhaariger Bursche namens Brice. Meine Gesprächspartner waren ein paar Bullen – nicht Daniel, sondern mehrere andere, die mir sechs Wochen lang täglich in meinem Krankenhauszimmer eingeheizt hatten, um ein Geständnis aus mir herauszukriegen. Das mit Arizona war keine besonders gute Idee, aber mir war nichts Besseres eingefallen, als ich fieberhaft überlegte, wie ich an einer Aussage vorbeikommen könnte. Denn unglücklicherweise hatte Holly geredet, viel zuviel sogar, aber sie konnte nichts dafür. Wir hatten beide stöhnend unten neben der Leiter gelegen, von der wir gefallen waren. In der ersten totalen Verwirrung hatte Holly die Pistole genommen und in der Räucherkammer hinter einem Holzstoß versteckt. Dann war sie zum Haus gelaufen, fand aber sämtliche Türen und Fenster verschlossen vor. Da sie weder ans Telefon, noch an ihre Handtasche oder die Wagenschlüssel herankonnte, war sie gezwungen gewesen, zur Bundesstraße 5 zu laufen und einen Wagen anzuhalten, um Hilfe herbeizurufen. Ein Lastwagen hielt an, und sie redete überstürzt von »Wasserstand im Tank nachprüfen« und »die Männer seien ausgerutscht und abgestürzt«; und so führte eins zum anderen. Und als Val in der gleichen Nacht starb und man am nächsten Tag die Patronenhülsen fand, stimmte nichts mehr von dem, was Holly gesagt hatte, mit den Tatsachen überein. Sie wurde noch am gleichen Nachmittag verhaftet und nach Malboro ins Gefängnis gebracht. Jede Möglichkeit, uns miteinander zu verständigen, war somit ausgeschlossen.

Ich selbst lag mit einer schweren Gehirnerschütterung drei Tage bewußtlos im Krankenhaus in Cheverly. Dann operierte man mich ein paarmal, da ich komplizierte Knochenbrüche und innere Verletzungen davongetragen hatte. Als ich langsam aus meinem Dämmerzustand erwachte, sah ich zu meinem Schrecken durch die geöffnete Zimmertür blaue Polizeiuniformen draußen auf dem Gang. Ich hatte Lehrgeld bezahlt, ich wußte, was es bedeutete, Geständnisse zu unterschreiben, und beschloß daher, mich totzustellen und so zu tun, als hätte ich das Gedächtnis verloren. Auch Mr. Brice gegenüber blieb ich mißtrauisch und vorsichtig; ich erwähnte lediglich eine »geheimnisvolle Dame« und sagte: »Wenn sie nett ist, grüßen Sie sie von mir.« Er warf mir einen langen forschenden Blick zu und antwortete: »Wenn ich's mir recht überlege. Webster, ist es vielleicht gar nicht so schlecht, daß Sie für einige Zeit Ihr Gedächtnis verloren haben.«

Der Name Holly bedeutet etwas in diesem Staat, und das wirkte sich natürlich zu Hollys Gunsten aus. Aber ich war der letzte Dreck, besonders, nachdem man in Arizona Nachforschungen angestellt und von meiner Karriere als Berufsboxer erfahren hatte. Im südlichen Maryland hält man nicht viel vom Boxen. Daß Holly dann in Hungerstreik trat, verschlimmerte unsere Situation nur noch. Mir war natürlich sofort klar, daß nur die Angst, von der aufschwemmenden Gefängniskost zuzunehmen, sie dazu veranlaßt hatte. Aber auf die Presse wirkte dieser Hungerstreik wie ein rotes Tuch; man ließ kein gutes Haar an Holly und machte sie derart fertig, daß kein Hund mehr ein Stück Brot von ihr angenommen hätte.

So stand die Sache, als ich dort im Korridor des Gerichtsgebäudes lag, und dann sah ich sie plötzlich. Sie kam schnell die Treppe herauf, von zwei jungen Polizisten flankiert, ganz in Schwarz war sie, und der Schock, den ich bei ihrem Anblick erlitt, war unbeschreiblich. Sie war totenblaß und so dünn, daß sie nicht mehr hübsch, sondern alt und hohlwangig aussah. Ihre Augen waren groß wie Untertassen, und ihr Blick schien mir sagen zu wollen, daß wir zwar immer noch unsere Liebe, aber keinen Funken Hoffnung mehr besäßen. Sie verschwand im Gerichtssaal, und die Polizisten hoben mich auf meiner Trage hoch und trugen mich hinein, vorbei an dem ganzen Mob, der da im Saal versammelt war, bis zu einem Tisch ganz vorn, auf dem sie mich mit der Bahre absetzten. Holly saß neben Brice, nur wenige Meter von mir entfernt; Mr. Lucas, der Staatsanwalt, ein kleiner korrekt aussehender Mann mit rosigen Wangen, saß ihr gegenüber zwischen seinen beiden Assistenten an einem anderen Tisch. Auf der ersten Bank hinter der hölzernen Abtrennung saßen mehrere Polizisten, ein paar Leute, die ich nie zuvor gesehen hatte, und Lippert; in der zweiten Reihe Bill und Marge und Hollys Eltern, die ich einmal in Waldorf gesehen hatte. Der Richter kam herein, und alle außer mir erhoben sich von ihren Plätzen. Ein alter Knacker verkündete, das ehrenwerte Gericht sei zusammengetreten und die Verhandlung sei eröffnet. Der Richter setzte sich, und die Leute setzten sich auch wieder.

Gongschlag – Runde eins.

Es kam zehnmal schlimmer, als ich befürchtet hatte. Mr. Lucas verhielt sich zwar zunächst ruhig, verkündete aber, als die Geschworenen gewählt waren, eiskalt, er werde beweisen, daß Holly und ich ein Verhältnis miteinander gehabt und geplant hätten, Val aus dem Weg zu räumen; daß wir den Wassertank absichtlich hätten leerlaufen lassen, woraufhin sie »ihren Mann hinaufgelockt« hätte, und ich ihm nachgestiegen sei und ihn mit vorgehaltener Pistole gezwungen hätte, hinunterzuspringen. Mr. Lucas sagte, die Sache sei zwar insofern schiefgegangen, da ich selbst mit in die Tiefe gestürzt sei, hob aber ausdrücklich hervor, daß »Ungeschicklichkeit bei der Ausführung des Verbrechens keine Minderung der Schuld darstelle«.

Auf die Aussage der Valenty-Schwestern bezüglich der Dinge, die Val ihnen angeblich anvertraut hatte, möchte ich erst gar nicht eingehen, ebensowenig, wie ich wiederholen möchte, was die Nachbarn angeblich alles gesehen hatten, oder was Holly bei der Polizei ausgesagt hatte oder Lipperts dummes Geschwätz. All diesen Zeugenaussagen zufolge konnte ein Blinder mit einem Krückstock auf den ersten Blick erkennen, daß wir bis über beide Ohren ineinander verliebt und ganz verrückt aufeinander waren. Ungeheuer belastend wirkte sich die Tatsache aus, daß unser beider Koffer gepackt gewesen waren und meiner in der Hütte und ihrer in Waldorf – »für die vorgesehenen Flitterwochen« – wie Mr. Lucas sich auszudrücken beliebte – bereitgestanden hatten. Als nächster kam der Mann vom Elektrizitätswerk dran, der Holly darauf aufmerksam gemacht hatte, daß »diesmal ungewöhnlich wenig Strom« verbraucht worden sei, woraufhin sie sich mit »beschränkter Benutzung der Pumpe ... wegen der Trockenheit« entschuldigt und herausgeredet hatte. Dann wurde ein Negerjunge in den Zeugenstand gerufen, der in der betreffenden Nacht über die Bundesstraße 5 nach Clinton gegangen war und »einen Schuß, einen Schlag und einen Schrei« gehört hatte.

Auf Mr. Lucas' Aufforderung hin schilderte er seine Wahrnehmungen mit seinen eigenen Worten, was sich wie das Kauderwelsch eines Indianers aus der Gegend von Tonopah anhörte und dennoch an Deutlichkeit nichts zu wünschen übrigließ: »Gehen über Straße, kommen vorbei an Hollis Hill, gehen auf Straße heim. Dann ich auf einmal hören reden in Luft. Hoch in Luft reden, und Frau weinen. Ich stehenbleiben und hören Schuß. Schuß und Schlag und jemand schreien. Hoch in Luft, Frau schreien.«

»Und was weiter?«

»Ich weglaufen – schnell.«

»Sag den Geschworenen, warum du weggelaufen bist.«

»Weil ich wissen, daß Böses geschehen oben in Luft.«

»Einspruch!«

Mr. Brice sprang auf – feuerrot im Gesicht. Er drückte sein Erstaunen darüber aus, daß das Gericht sich derartige Zeugenaussagen überhaupt anhöre. Er sagte, jeder der Geschworenen sei über den Aberglauben der farbigen Bevölkerung hinreichend informiert; man befände sich aber in Marlboro und nicht in Salem im siebzehnten Jahrhundert.

Der Richter verkündete: »Einspruch stattgegeben!«

Mr. Lucas sagte zu Mr. Brice: »Sie können den Zeugen jetzt befragen.« Doch Mr. Brice tat so, als sei der Zeuge gar nicht vorhanden und nahm ihn nicht ins Kreuzverhör. Trotzdem hatte dieser Junge uns geschadet, nach seiner Aussage stand fest, daß Holly mit Val und mir oben auf der Leiter gewesen war, was bisher noch kein Mensch erwähnt hatte.

Eine wichtige Rolle spielten auch die beiden Patronenhülsen, die man im Wohnzimmer und unter der Leiter draußen am Tank gefunden hatte. Sie waren beide mit meinen Fingerabdrücken »verziert« – kein Wunder, ich hatte das Magazin ja im Frühjahr geladen! Auf der Pistole selbst waren keine Fingerabdrücke, die hätten beweisen können, wer geschossen hatte; sie war von Schlamm verschmiert und verkrustet gefunden worden. Als Mr. Brice mich am Abend des ersten Verhandlungstages im Krankenhaus aufsuchte, war er deprimiert und sagte, er sähe schwarz, rabenschwarz sogar.

Ich fragte: »Ob uns vielleicht die Wahrheit weiterhilft, Mr. Brice?«

»Ja schon, aber was ist denn nun wirklich wahr?«

Ich redete etwa eine Stunde lang auf ihn ein und versuchte, mich ihm verständlich zu machen, soweit das überhaupt möglich ist bei einem Menschen, der fast bei jedem Wort aufstöhnt wie ein verwundeter Stier. Erst als ich Sickles erwähnte, wurde er plötzlich lebendig und packte mich am Arm.

»Was war das?« fragte er erregt. »*Was* haben Sie da gesagt? Moment mal, Webster, sagen Sie das noch mal!«

Ich erzählte ihm alles, was Val damals im Wohnzimmer gesagt hatte, auch die Rolle, die Lippert dabei gespielt hatte, und dann alles, was Val später oben auf der Leiter geäußert hatte. Als Mr. Brice mich noch immer fassungslos anstarrte, nachdem ich längst zu reden aufgehört hatte, meinte ich: »Hören Sie, Mr. Brice, Sie müßten den Fall Sickles doch kennen, er hat sich vor ein paar Jahren hier abgespielt.«

Er lachte. »Webster, das ist großartig! Das überzeugt sogar mich. Bis jetzt war ich immer noch davon überzeugt – wie alle anderen auch –, daß Sie mit Mrs. Valenty zusammen den Mord tatsächlich begangen haben, wie Lucas behauptet.«

»Und trotzdem haben Sie die Verteidigung übernommen?«

Er erklärte des langen und breiten, daß mir ein Verteidiger zustände, und daß der Staat mir einen Pflichtverteidiger zur Verfügung gestellt hätte, wenn sämtliche Anwälte des Staates Maryland sich geweigert hätten, den Fall zu übernehmen. Das Lächeln verschwand erst aus seinem Gesicht, als ich schließlich fragte: »Was ist daran so komisch? Erst stöhnen Sie, dann lachen Sie ... soll das ein Witz sein?«

»Darüber möchte ich im Augenblick lieber nicht reden. Geben Sie sich keine Mühe, Sie kommen doch nicht drauf. Aber Lucas könnte unter Umständen darüber stolpern. Also dann, Webster ... sind Sie bereit, auszusagen?«

»Wenn es unbedingt nötig ist.«

»Ich möchte, daß alles rückhaltlos gesagt wird, wenn ich Sie in den Zeugenstand rufe, rückhaltlos! Haben Sie das verstanden?«

»Ich habe keinen Grund, was zu verschweigen.«

»Und die Sache mit dem Ding, das Sie damals gedreht haben?«

»Ist mir zwar verdammt unangenehm, aber auch das werde ich zugeben.«

»Gleich morgen früh gehen Sie in den Zeugenstand!«

18

Schon nach den ersten fünf Minuten des Kreuzverhörs merkte ich, wie wichtig es ist, einen Verteidiger zu haben, und wie entscheidend es in einem solchen Prozeß auf die Art der Fragestellung ankommt. Die Pistole wurde erwähnt, aber nur nebenbei; vorrangig war die Art, wie Val sie von Daniel erpreßt hatte. Auch über meine Liebe zu Holly wurde gesprochen. Aber Mr. Brice nannte das, was uns miteinander verband, »eine tiefe Zuneigung«, was gleich ganz anders klang. Alles kam zur Sprache, doch unter einem Gesichtspunkt, der menschlich anständiges Verhalten voraussetzte. Die Sache mit Sickles schlug ein wie eine Bombe, ganz besonders, als ich schilderte, welche Rolle Lippert bei der Sache gespielt hatte.

Während ich den genauen Hergang der Ereignisse jenes Abends schilderte, starrte Holly anscheinend unbeteiligt vor sich hin, als überlege sie angestrengt, was sie später aussagen sollte; nur ab und zu warf sie einen Blick auf den Briefumschlag, der auf ihrem Schoß lag. Lucas beobachtete sie scharf und machte sich zwischendurch Notizen. Als er mich ins Verhör nahm, war er zunächst furchtbar freundlich, strich meine Decke glatt und fragte, wie ich mich fühle und machte derart komische Bemerkungen über mein angeblich verlorenes Gedächtnis, daß ich laut lachen mußte. Aber plötzlich drehte er den Spieß um und behauptete, ich hätte ja soeben zugegeben, daß ich mein Gedächnis überhaupt nicht verloren, sondern die Sache mit Arizona Wort für Wort erfunden hätte, somit sei meine Unglaubwürdigkeit erwiesen.

Ich entgegnete: »Ich mußte mich doch irgendwie absichern, bis ich wußte, woran ich war.«

Erst als er mich aufforderte, den soeben gesagten Satz noch einmal zu wiederholen, merkte ich, was ich da gesagt hatte.

Als er schließlich auf Sickles zu sprechen kam, erklärte ich: »Der Fall ist doch allgemein bekannt, er hat sich vor einigen Jahren hier abgespielt.« Der ganze Gerichtssaal brach in wieherndes Gelächter aus, sogar der Richter lachte, und Lucas sagte, ebenfalls lachend: »Vor einer ganzen Reihe von Jahren, Webster! Sickles hat nämlich in der Schlacht von Gettysburg ein Bein verloren, müssen Sie wissen.« Als das Gelächter daraufhin noch lauter anschwoll, setzte er sich, ohne auf die Ereignisse auf der Leiter überhaupt näher einzugehen, wieder auf seinen Platz.

Auch die Tatsache, daß Brice anschließend Daniel in den Zeugenstand rief und ihn auf die zweifelhaften Machenschaften mit Val festnagelte, konnte nichts daran ändern, daß ich in der Tinte saß, und zwar bis zum Hals.

Blaß, bedrückt und verkrampft betrat Holly am Nachmittag des dritten Verhandlungstages den Zeugenstand. Nachdem die üblichen Präliminarien erledigt waren, forderte Brice sie auf: »Mrs. Valenty, schildern Sie jetzt bitte mit Ihren eigenen Worten die Ereignisse, die zum Tode Ihres Gatten geführt haben.«

Sie antwortete langsam und sehr deutlich: »Mr. Brice, zunächst einmal möchte ich meine vor der Polizei abgegebene Aussage widerrufen, da sie nicht der Wahrheit entspricht. Ich bitte jedoch, mir zu glauben, daß ich nicht meinetwegen gelogen habe, sondern nur um das zu verschleiern, was mein Mann gegen mich im Schilde führte; der Gedanke, daß dies jemals bekannt würde, war mir einfach unerträglich. Ich darf Sie daran erinnern, Mr. Brice, daß beide Männer stöhnend auf der Erde lagen, also lebten, als ich endlich die Leiter hinuntergestiegen war. Ich schäme mich nicht zuzugeben, daß ich die Pistole in der Räucherkammer versteckt habe, im Gegenteil, ich bin stolz darauf. Und wenn Duke Webster die Unwahrheit gesprochen hat, hatte er seine Gründe dafür, nachdem ihn ein Beamter der Polizei vor noch nicht allzu langer Zeit praktisch wie einen Sklaven verschachert hat. Und wenn Mr. Lucas hier die Dinge bewußt falsch darstellt, um Dukes Glaubwürdigkeit zu erschüttern, hat auch er zweifellos Gründe für sein fragwürdiges Verhalten – was mich allerdings keineswegs wundert, bei der Rolle, die er im Zusammenhang mit den Plänen meines Mannes spielte.«

»Ruhe im Gerichtssaal! Sonst lasse ich den Saal räumen!« schrie der Richter, als tumultartiger Lärm anschwoll. Dann zu Holly: »Ja, Mrs. Valenty, bitte?«

Lucas wurde kreidebleich, Brice schnappte nach Luft, während Holly ungerührt die Wirkung ihrer Worte beobachtete. Der Richter schickte die Geschworenen aus dem Saal und wandte sich dann an den Verteidiger: »Mr. Brice, was soll das bedeuten?«

»Euer Ehren, ich bin selbst wie vor den Kopf geschlagen … ich habe keine Ahnung.«

»Mrs. Valenty?«

»Es bedeutet, daß mein Mann Mr. Lucas davon in Kenntnis gesetzt hatte, daß er unbedingt ein Kind von mir haben wollte, obwohl er wußte, daß ich die Entbindung nicht überleben würde. Ich selbst habe mit angehört, wie sich mein Mann telefonisch bei Mr. Lucas erkundigte, wer darüber zu befinden hätte, wessen Leben geschont würde … das der Mutter oder das des Kindes. Trotzdem hielt es Mr. Lucas nicht für nötig, mich zu warnen.«

Der Richter klärte sie dahingehend auf, daß Mr. Lucas, der zu jener Zeit noch als Anwalt tätig gewesen sei, infolge der für Anwälte geltenden Schweigepflicht nicht berechtigt gewesen sei, mit dritten Personen über die Angelegenheiten seiner Klienten zu sprechen. Brice tupfte sich den Schweiß von der Stirn, während Lucas selbst beherrscht und ruhig blieb.

Er sagte: »Der Anruf hat tatsächlich stattgefunden, Euer Ehren, und ich bin jederzeit bereit, darüber Auskunft zu geben. Ich möchte Mrs. Valenty jedoch empfehlen, keine derart voreiligen Schlüsse zu ziehen, da sie offensichtlich damals nicht gehört hat, was ich am anderen Ende der Leitung gesprochen habe.«

»Ich lasse die Geschworenen bitten, wieder hereinzukommen«, erklärte der Richter.

Hollys ganzes Leben wurde an diesem Nachmittag vor aller Öffentlichkeit ausgebreitet. Sie sprach von ihrer Kindheit, von St. Mary, dem Mann mit den Ochsen, der kleinen Kirche und den Stechpalmen, von all den Dingen, die ihr anscheinend so viel bedeuteten. Auch über ihre »Krankheit« sprach sie ganz offen und entnahm dem Umschlag, der auf ihrem Schoß lag, einige Fotos, um sie dem Gericht vorzulegen. »Das da wurde an meinem Hochzeitstag von dem Fotografen meines Mannes aufgenommen, und diese hier habe ich mit einem Selbstauslöser gemacht – sie zeigen deutlich, wie ich mich nach und nach mit Duke Websters Hilfe verändert habe.«

Brice machte wie üblich allerhand Einwände geltend, und der Richter machte sie darauf aufmerksam, daß die Fotos, wenn sie dem Gericht vorgelegt würden, auch der Presse zugänglich seien, aber sie erklärte halsstarrig: »Ich möchte den Geschworenen anhand der Bilder beweisen, daß ich kein Kind haben konnte, weil eine normale Entbindung unmöglich gewesen wäre. Auch ein Kaiserschnitt kam nicht in Frage; kein Arzt nimmt das Risiko auf sich, einen derart übergewichtigen Menschen zu operieren, da Operationen in solchen Fällen meist tödlich verlaufen.«

Die Fotos wurden also den Geschworenen vorgelegt; die Männer räusperten sich verlegen und sahen schnell wieder weg, während die weiblichen Geschworenen – drei Damen mittleren Alters – jedes einzelne Bild sorgfältig betrachteten. Dann stürzten sich die Reporter auf die Aufnahmen; sie gebärdeten sich wie eine Horde Wilder und rissen sich die Fotos gegenseitig aus der Hand, während Holly mich starr ansah, und brennende Röte ihr ins Gesicht stieg.

»Webster, gibt es denn nichts, was ich ihr sagen oder von Ihnen ausrichten könnte, damit sie mit diesem wahnsinnigen Monolog aufhört?«

Mr. Brice, der an diesem Abend auf dem Weg zu Holly war und vorher noch schnell im Krankenhaus bei mir hereingesehen hatte, war restlos verbittert. »Es steht schlechter, als Sie glauben, Webster. Sie hat Lucas persönlich angegriffen, obwohl er ein durch und durch anständiger Mensch und vor allem völlig integer ist! Er hat Valenty damals gewarnt im Verlauf jenes Telefongesprächs. Seine Sekretärin hat eine Aktennotiz über dieses Gespräch angefertigt, die er jederzeit dem Gericht vorlegen kann. Diese Aktennotiz beweist, daß Lucas damals Valenty eindringlich darauf hingewiesen hat, daß er den Plan mit dem Kind unter den gegebenen Umständen für geradezu verbrecherisch halte. Holly hat sich da durch ihren direkten Angriff auf die Person des Staatsanwalts eine schlimme Suppe eingebrockt, fürchte ich!«

Als Holly am nächsten Tag im Zeugenstand Platz genommen hatte, stand Lucas auf, betrachtete eingehend seine Fingernägel und fragte dann ganz obenhin: »Nur ein oder zwei Fragen, Mrs. Valenty. Erstens ... bestand damals eine Schwangerschaft?«

»Nein.«

»Hat Ihr Mann Ihnen nach dem betreffenden Telefongespräch mitgeteilt, daß ich ihn bezüglich einer Schwangerschaft gegen das Anraten Ihres Arztes auf die zu erwartenden juristischen Konsequenzen hingewiesen und gewarnt habe?« – »Nein, das hat er nicht getan.«

Obwohl ihre Sicherheit offensichtlich ins Wanken geriet, blieb Lucas höflich, als er fragte: »Aufgrund der vorgelegten Fotos erhebt sich die Frage, ob Sie nicht zu einem späteren Zeitpunkt ohne weiteres ein Kind hätten haben können?«

»Ich glaube schon, ich ...«

»Antworten Sie mit ja oder nein, bitte.«

»Ja, ich hätte ein Kind haben können.«

»Aber Sie weigerten sich beharrlich weiter?«

»Zu diesem Zeitpunkt wollte ich kein Kind mehr.«

»Sie haben ausgesagt, daß sich Ihr Gesundheitszustand besserte, nachdem Duke Webster angefangen hatte, auf der Farm zu arbeiten. Wenn Sie also, wie Sie sagen, zu jenem Zeitpunkt kein Kind mehr wollten, war Ihr Gesundheitszustand nicht der Grund für diese Sinnesänderung. War nicht vielmehr Duke Webster der Grund?«

Sie verzog angeekelt die Lippen, ihre Zähne blitzten auf. »Mr. Lucas, wenn ein Mann einen derart behandelt, daß sogar *Sie* ihn warnen müssen, fällt man ihm als Frau nicht in dem Augenblick, wo man sich gesundheitlich besser fühlt, um den Hals und schreit ›o fein, fein – jetzt kann ich endlich ein Baby haben!‹ Oder hatten Sie das etwa von mir erwartet?«

»Mrs. Val, die Frage lautet, ob zu jenem Zeitpunkt Duke Webster der Grund war für Ihre Weigerung, ein Kind zu bekommen, oder nicht. Bitte, antworten Sie mit ja oder nein.«

»Schreiben Sie mir nicht dauernd vor, was ich antworten soll!«

»Ich schreibe Ihnen keineswegs vor, was Sie antworten sollen, Mrs. Val. Ich möchte allerdings die Geschworenen ausdrücklich darauf aufmerksam machen, daß Sie offensichtlich außerstande sind, diese Frage mit einem klaren Ja oder Nein zu beantworten.«

Ihr Gesicht, das vor einigen Augenblicken noch zornig gerötet war, verfiel zu einer grauen Maske, die sich langsam kalkweiß verfärbte, während sich die Sekunden hinzogen, und Grabesstille in dem großen Raum herrschte. Dann sagte sie gebrochen: »So wahr mir Gott helfe, die Antwort lautet – ja, *ja*, JA!«

Sie war zu Boden gegangen, und man zählte sie aus, aber immer noch blieb Lucas höflich. Er sagte: »Nur eines noch, Mrs. Val. Webster hat ausgesagt, Ihr Mann hätte, als Sie da oben auf der Leiter standen, auf ein ... *Tier* geschossen. Haben Sie etwas von einem Tier gesehen oder gehört, Mrs. Val?«

»Ich habe nicht gehört, was Duke gesagt hat.«

»Nein, allerdings nicht, da Ihre ganze Aufmerksamkeit auf die Fotos konzentriert war, wie ich festgestellt habe. Aber um auf jene Nacht zurückzukommen – haben Sie damals ein Tier gesehen?«

Ihre Augen wurden größer und größer, als dämmere ihr jetzt erst, daß alles, was geschehen war, alles, was in diesem Gerichtssaal gesprochen worden war, sich wie ein Bumerang gegen uns beide wenden würde. Halb weinend stammelte sie: »Wovon reden Sie überhaupt, Mr. Lucas? Es war doch viel zu dunkel in jener Nacht, man konnte doch überhaupt nichts sehen!«

»Haben Sie ein Tier gehört, Mrs. Val?«

»Ich habe gebetet, Mr. Lucas, ich habe nichts gehört.«

»Können Sie uns sagen, um was für ein Tier es sich handelte?«

»Nein. Nein, Mr. Lucas, nein!«

»Danke, das wäre alles, Mrs. Val.«

19

Lucas vermied in seinem Plädoyer jegliche Gehässigkeit und blieb sachlich in jeder Beziehung. Er sagte: »Ich zweifle nicht daran, daß Mrs. Vals Leben tatsächlich so gewesen ist, wie sie es hier geschildert hat. Val Valenty war mein Freund, trotzdem halte ich es für meine Pflicht, dem Gericht gegenüber an dieser Stelle auszusprechen, daß sein Charakter den Schilderungen der Beklagten tatsächlich entsprach. Den Menschen, die sich seinem Willen unterwarfen, brachte er eine unerschütterliche, geradezu fanatische Loyalität entgegen, und ich bin trotz gegenteiliger Behauptungen der festen Überzeugung, daß er alles in seiner Macht Stehende unternommen hätte, um Mrs. Vals Leben zu erhalten, wenn sie seinem Wunsch nach einem Kind entsprochen hätte. Erst nachdem sie ihn eiskalt abgewiesen hatte, nahm sein Charakter bedrohliche Züge an, was ja auch aus dem von der Beklagten zitierten Telefonat mit mir hervorgeht, dessen Wortlaut übrigens von der Beklagten absolut richtig wiedergegeben wurde.«

Lucas machte eine Pause, betrachtete eingehend seine Fingernägel und fuhr dann fort: »Ich bezweifle keineswegs die Korrektheit der Beziehungen zwischen Mrs. Val und Webster, ich unterstelle ihnen nicht einmal ein ehebrecherisches Verhältnis. Es ist durchaus möglich, daß in diesem Fall das Gewissen stärker war als die Leidenschaft, die die beiden füreinander empfanden. Aber darum geht es nicht. Dies ist keine Frage der Moral – Sie sind nicht hier versammelt, meine Damen und Herren, um darüber zu entscheiden, ob eine von Furcht, Haß und Liebe getriebene Ehefrau das Recht hat, zu morden, wenn ihr kein anderer Ausweg mehr bleibt. Wäre dies der Fall, könnte sich den Geschworenen die umstrittene Entscheidung zugunsten der Ehefrau nur allzuleicht aufdrängen, wie gleichartig gelagerte Fälle aus der Vergangenheit zur Genüge beweisen. Das Gericht hat aber in dem vorliegenden Fall über folgende Frage zu befinden: War der Ehemann in der Lage, die heranbrausende Woge von Haß und Vernichtung aufzuhalten und verebben zu lassen, obwohl es seine Frau war, die, getrieben von Furcht, Haß und Leidenschaft, den Plan mit dem Wassertank als Mordinstrument ausgeklügelt hatte, wie hier glaubwürdig bewiesen wurde? Ist es anzunehmen, daß dieser Ehemann im letzten Augenblick den Spieß umgedreht und die Tat ausgeführt hat, die seine Frau zu seiner Vernichtung geplant hatte? Könnte er, dank Websters raschem Eingreifen, in seine eigene Falle gestolpert sein?

Ich glaube das nicht. Wenn hier jemand in die gestellte Falle stolperte, so war es Webster, der in eine Falle ging, in der er noch lange Zeit nach jener schicksalhaften Nacht gefangen sein sollte.«

Lucas hatte die Stimme ein wenig erhoben, brach aber plötzlich ab und zog ein saubergefaltetes Taschentuch aus seiner linken Brusttasche, öffnete es und wischte sich damit die Handflächen ab.

Dann steckte er es in seine rechte Jackentasche, wo Val den Revolver versteckt gehalten hatte.

Lucas fuhr fort: »Erstens hatte Webster Pech, er zog sich lebensgefährliche Verletzungen zu, so daß diesem Paar jede Möglichkeit genommen war, sich gegenseitig abzusprechen und sich eine neue Geschichte auszudenken, die die unerwartete Entwicklung der Ereignisse einigermaßen glaubwürdig erklären könnte. Noch größeres Pech hatte Mrs. Val, die, wie sich gezeigt hat, auf sich allein gestellt eine äußerst ungeschickte Lügnerin ist. Sie tischte der Polizei die unglaublichsten Märchen auf, die sich im Verlauf des Kreuzverhörs ausnahmslos als unwahr erwiesen.

Und zum dritten hatte Webster wiederum Pech, als sich

herausstellte, daß er ein eiskalter, überaus geschickter Lügner ist, der, wie er selbst zugegeben hat, der Polizei gegenüber wahrheitswidrig behauptete, das Gedächtnis verloren zu haben, was genauso erfunden war wie die Sache mit dem Akrobatenkunststück auf der Leiter, die er dem Gericht serviert hat.«

Lucas nahm das Taschentuch wieder heraus und schwenkte es durch die Luft mit einer Armbewegung, als hasche eine Katze nach einer Maus, dann fuhr er fort: »Mit anderen Worten, bei diesem Pokerspiel – bei dem mein ehrenwerter Kollege Mr. Brice selbstverständlich die Hände nicht im Spiel hatte – saß Mrs. Val plötzlich im völlig luftleeren Raum, das heißt, sie konnte nicht ausspielen, ehe Webster ihr nicht ein paar Trümpfe zugeschmuggelt hatte. Dann allerdings spielte sie für einige Zeit mit seiner Hilfe außerordentlich geschickt, ohne daß es jemand merkte, da sie alles höchst rührend und überzeugend mit ihrer Lebensgeschichte vermischte. Doch dann kam der Augenblick, der fast biblische Augenblick, in dem sie eine falsche Karte ausspielte.

Websters Geschichte hat nämlich einen sehr schwachen Punkt, wie sich gegen Ende des Kreuzverhörs herausstellte. Wie er sich auch drehte und wendete, um diese Patrone mit seinen Fingerabdrücken kam er nicht herum, die läßt sich nun einmal nicht mehr aus der Welt schaffen. Ich persönlich bin der festen Überzeugung, daß Webster diese Kugel abgefeuert hat, um Val zum Springen zu veranlassen, vielleicht auch, um ihn dermaßen zu erschrecken, daß er unwillkürlich von der Leiter in die Tiefe sprang. Wenn Val diese Kugel abgefeuert hätte, wie Webster behauptet – auf wen denn, um Himmels willen? Auf Webster? Auf Mrs. Val? Hätte er jeden von den beiden auf diese Entfernung hin nicht unbedingt treffen *müssen?* Deshalb und nur deshalb erfand Webster die Katze. Und er mutet uns tatsächlich zu, ihm abzunehmen, daß plötzlich aus dem Nichts heraus eine Katze auf der Bildfläche erschien, die auch noch – anstatt verschreckt von dem ungewöhnlichen Lärm wegzulaufen – geradewegs auf den Lärm zuspazierte. Und just in diesem entscheidenden Moment wandte die ewige Eva in Mrs. Val den Blick von den ›Karten‹ und heftete ihn auf die Fotos in ihrem Schoß – sehr hübsche Fotos übrigens, auf die sie verständlicherweise sehr stolz ist.«

Lucas ließ eine kurze eindrucksvolle Pause eintreten und sprach dann weiter: »Obwohl ich Webster sehr gern über diese bemerkenswerte Katze ausführlicher befragt hätte, unterdrückte ich diesen Wunsch aus folgenden Gründen: Wenn Mrs. Val diese Karte, die sie übersehen hatte, später nicht zog, würde das zweifellos beweisen, daß mein Verdacht in bezug auf Websters Aussage richtig war. Dies war nämlich der entscheidende Punkt, und ich beschloß, alles zu riskieren. Ich hielt Mrs. Val den ganzen Stoß Karten hin, sie hätte die entscheidende Karte nur herauszuziehen brauchen. Ich forderte sie auf, zu sagen, welcher Art das Tier gewesen sei, auf das Mr. Val Websters Aussage zufolge geschossen haben soll. Aber sie war nicht in der Lage, es uns zu sagen. Sie hat keine Katze gehört, und sie hat keine Katze gesehen. *Weil es nämlich gar keine Katze gab, und es gab auch keine Szene auf der Leiter wie die, die Webster beschrieben hat!*«

Er sagte noch mehr, noch viel mehr, aber ich hörte nichts mehr, da mein Kopf von einem seltsamen Klingen und Brausen erfüllt war. Auch Mr. Brice hielt sein Plädoyer, ein glänzendes Plädoyer sogar, das alles widerlegte, was gegen uns vorgebracht worden war. Die Geschworenen verließen den Gerichtssaal. Es war nachmittags halb zwei am fünften Tag der Verhandlung.

Auch der Richter verließ den Saal und ebenso Lucas. Plötzlich stand Holly auf, kam zu mir herüber, nahm meine Hand und flüsterte meinen Namen; es war das erste Wort, das sie unbeobachtet zu mir sprechen konnte seit dem Morgen, an dem wir uns in ihrem Wagen bei den Händen gehalten hatten. Aber Brice sprang schnell herbei, packte Hollys Hand und riß sie aus der meinen. Er sagte: »Verdammt, Mrs. Val, haben Sie noch nicht genug angerichtet? Erst reden Sie sich selbst und Webster um Kopf und Kragen, nur weil Sie im entscheidenden Moment, statt aufzupassen, Ihre Fotos bestaunen, und jetzt auch noch das! Wenn ein Geschworener das sieht – oder einer der Beisitzer –, was glauben Sie wohl, was dann passiert?«

Holly riß sich von ihm los und ergriff wieder meine Hand. »Es tut mir leid, Mr. Brice, daß ich mich falsch verhalten habe«, erwiderte sie, »aber ich sehe Duke vielleicht nie mehr wieder, und ich habe ihm etwas zu sagen, wenn Sie gestatten!«

»Entschuldigen Sie, Mrs. Valenty.« Brice ging mürrisch zu seinem Platz zurück, nachdem er uns einen Blick zugeworfen hatte, der verriet, daß er trotzdem bereit war, weiterhin für uns beide die Kastanien aus dem Feuer zu holen.

»Duke, liebst du mich?« fragte Holly.

»Das habe ich dir doch längst gesagt, oder nicht?«

»Ja, genau wie ich, und ich sag's immer und immer wieder. Wenigstens konnten sie uns nicht innerlich trennen, uns nicht gegeneinander aufhetzen. Duke, eins muß ich dir noch sagen. Ich hab' denen die Fotos nicht aus Eitelkeit gezeigt oder aus Geltungsbedürfnis, das war es wirklich nicht. Aber sie sollten wissen, was Val mit mir vorhatte, und was du für mich getan hast. Duke, wie hab' ich den Tag herbeigesehnt, an dem du mich endlich ganz sehen würdest ... so, wie Gott mich geschaffen hat. Ach, am liebsten hätte ich mich vor aller Welt nackt ausgezogen, so glücklich war ich, als ich endlich aussah wie ein Mensch! Wir alle kriegen, was wir uns wünschen. Nur anders, als wir's erwarten, das ist das Dumme an der Geschichte.«

Rings um uns her wisperte und flüsterte es, aber ich konnte die Leute nicht sehen, da ich flach auf dem Rücken lag. Holly stopfte ein Kissen unter meinen Kopf, damit ich sehen konnte, was im Gerichtssaal vorging. Die Leute waren alle auf ihren Plätzen geblieben, aus Angst, später bei der Urteilsverkündung keinen Platz mehr zu erwischen. Nur Lippert, die Polizeibeamten und der Negerjunge waren fortgegangen. Aber die Valenty-Schwestern waren noch da, und Mr. und Mrs. Hollis, die mit Marge und Bill eine kleine Gruppe bildeten und die Köpfe zusammensteckten. Es wunderte mich, daß Marge so aufgeregt auf die anderen einredete, weil sie sich im allgemeinen nie grundlos erregte. Und dann kamen sie alle vier plötzlich durch die hölzerne Abtrennung zu uns nach vorn. Marge flüsterte Holly etwas zu und neigte sich dann über mich. Sie sagte: »Duke, diese Katze ... hatte die vielleicht zufällig ein Glöckchen um den Hals?«

»Das hab' ich doch gesagt, oder nicht?«

»Nein. Du hast gesagt: ›Er hat auf eine Katze geschossen.‹ Du hast es gesagt, als käm's dir selbst unglaublich vor. ›Und ich ließ den Rand des Tanks los, an dem ich mich mit der Rechten festgehalten hatte‹, hast du noch gesagt. Wenn du nur einmal, nur ein einziges Mal, nicht an deine Rechte und deine Linke gedacht, sondern erzählt hättest, was tatsächlich passiert ist, und zwar so, daß es für alle verständlich gewesen wäre!«

Ich sagte, es täte mir leid, wenn ich mich unklar ausgedrückt hätte, und sie wandte sich ab. Und dann war auf einmal Holly da, sie zog sich einen Stuhl herbei, setzte sich neben mich, und ich fragte sie, was eigentlich los sei. Wieso es plötzlich so wichtig sei, daß ich das Glöckchen nicht erwähnt hatte.

Sie erwiderte: »Du kannst nichts dafür, und ich werde dir bestimmt nie Vorwürfe deswegen machen. Aber es war kein

Glöckchen, Duke. Es war ein Sporn, und der Negerjunge hat ihn auch gehört. Der gleiche Sporn, der sich in der Fahne verfangen hat an dem Abend, als Lincoln erschossen wurde.«

Sie sagte das ganz feierlich, so daß ich merkte, daß sie selbst jedes Wort, das sie aussprach, glaubte. Brice stand auch plötzlich wieder da, gar nicht mehr mürrisch, sondern ganz aufgeregt über diese Neuigkeit, die er offensichtlich sehr ernst nahm.

Holly sagte zu mir: »Marge war diejenige, die plötzlich begriff, daß ich nichts Böses getan haben konnte, wenn ich diesen Sporn nicht gehört habe.«

»Ich hatte jedenfalls nichts Gutes vor.«

»Ja, aber nur meinetwegen, um mich zu retten. Du hast den Sporn zwar gehört, aber er klingelte nicht für dich, du warst nicht gemeint. *Val* war gemeint.«

»Und doch hat auch er gebetet!«

»Wann hätte Val jemals gebetet?«

»Um Hollis Hill hat er einmal gebetet. Er hat's ja auch bekommen.«

Ihre Augen öffneten sich ganz weit, und Brice legte ihre Hand in die meine. Er erklärte: »Mrs. Val, ich bitte Sie um Verzeihung, vielleicht, *vielleicht* haben Sie durch Ihr Verhalten doch nicht alles zerstört, sondern alles gerettet.«

Dann ließ er uns allein, und Holly klammerte sich an meine Hand wie eine Ertrinkende. Sie schloß die Augen, und ich wußte plötzlich, daß sie betete.

Der Richter kehrte in den Saal zurück, er leierte wieder seine Litanei herunter, die Geschworenen wurden hereingerufen, und wieder einmal war das Gericht zusammengetreten. Der Obmann erhob sich mit düsterer Miene und sagte, er bezweifle, daß die Geschworenen heute noch zu einer Einigung bezüglich der Urteilsfindung kommen würden. Eine grauhaarige Frau stand plötzlich auf und erklärte: »Wir können zu einer Einigung kommen, und wir werden heute noch zu einer Einigung kommen!« Der Richter bat, die Geschworenen möchten sich bemühen, möglichst bald ihr Urteil abzugeben, er gäbe ihnen nochmals Zeit bis neun Uhr. Marge kam an die Holzumrandung gestürzt und flüsterte: »Diese Frau weiß alles! O Gott sei Dank, sie hat's begriffen!«

»Wie lautet Ihr Urteil in der Anklage gegen Holly Valenty?« dröhnte die Stimme des Richters.

»Nicht schuldig.«

»Wie lautet Ihr Urteil in der Anklage gegen Duke Webster?«

»Nicht schuldig.«

Holly senkte den Kopf, und ich schloß die Augen, um Gott zu danken, ehe die Hölle um uns herum losbrach. Ich bin mit Sporen groß geworden bei meinem Vater in den Sierras, ich weiß, wie Sporen klingen. Was damals an dem Tank vorbeilief, ist eine Katze gewesen, die wahrscheinlich unter dem Pumpenhaus geschlafen hatte und weggelaufen war, als der Lärm losbrach. Aber als Hollys Hand endlich in der meinen lag, so dünn, so müde, so hinfällig und hilflos, wußte ich plötzlich und werde daran glauben, solange ich lebe, daß John Wilkes Booth in jener Nacht in Hollis Hill war, um Val zu holen.

20

Jetzt leben wir zusammen auf unserer Ranch in Nevada, die Holly gekauft hat, nachdem Hollis Hill und Vals Restaurant verkauft worden waren und wir in einer Kirche in Virginia geheiratet hatten. Das, was ich für Holly getan habe, tun wir jetzt gemeinsam für andere Menschen, und Holly ist außer sich vor Stolz und Freude, wenn es ihr wieder einmal gelungen ist, aus einem versoffenen, vollgefressenen Kerl einen neuen Menschen zu machen, einen drahtigen, schlanken, vollwertigen Mann. Es ist viel zuviel darüber geredet worden, was ich für Holly getan habe; die Presse hat es übermäßig aufgebauscht und hochgespielt. Davon, was sie für mich getan hat, hat keiner geredet, und es wurde auch in den Zeitungen kein einziges Wort darüber verloren, obwohl es mehr war, als mancher annehmen mag. Nie mehr werde ich die Boxhandschuhe anziehen, nie mehr werde ich imstande sein, einen Menschen niederzuschlagen. Und daß ich nicht völlig vor die Hunde gegangen bin, daß mein Leben einen Sinn hat, verdanke ich ausschließlich Holly – ohne sie wäre ich niemals das geworden, was ich heute bin.

Ich habe alles genauso niedergeschrieben, wie es sich tatsächlich abgespielt hat, damit ihre Leute wissen, wie es gewesen ist, wenn sie vielleicht später einmal dorthin zurückgehen will. Die Gemeinde der kleinen Kirche in St. Mary soll wissen, was sie neulich abends zu mir sagte, als wir zusahen, wie die Sonne hinter dem Hügel an der Straße nach Tonopah unterging. Sie sagte: »Duke, diese Hügel sind wie ein Meer, deshalb liebe ich sie so sehr. Ich habe den Ozean einmal gesehen. Meine Mutter hatte gehört, Salzwasser mache schlank, und hatte mich aus diesem Grund nach Ocean City mitgenommen. Ich nahm zwar dort kein Gramm ab, aber ich sah den Wellen zu, und es wurde mir klar, daß sie immer schon dort gewesen sind, lange, ehe Kolumbus Amerika entdeckte. So ist es auch mit den Bergen. Sie sind ewig, deshalb sprechen sie zu mir. Weißt du, wovon sie sprechen?«

»Von Gott.«

»Du hast recht. Sie sprechen von Gott.«